新 潮 文 庫

タダイマトビラ

村田沙耶香著

新 潮 社 版

10657

タダイマトビラ

今、私の目の前に一つのトビラがあった。

……子供の頃から、私は、ずっとただ一つのトビラを探していた。

それが何色で、どんな大きさをしているのかはわからなかった。でも、それを前にした瞬間、私にははっきりと理解できるだろう。「これこそ、自分が人生をかけて探してきたトビラだ」と。

なぜそんなに懸命に探してきたのか、という問いには簡単に答えられる。帰るためだ。

私はトビラの中に帰るために生まれてきたのだ。

私はノブに手をかけ、薄く唇をあけて「ただいま」と呟《つぶや》いた。昔、近所の子供がよく大きな声で無邪気に言っていたように。

その声に応じるように、トビラが微《かす》かに震えた。

私はゆっくりとそのトビラを開いた。「おかえり」という懐《なつ》かしい声が、そのとき確かに、トビラの向こうで響いた。

1

子供の頃私が育ったのは、郊外にある静かな住宅地だった。母が私を妊娠したのをきっかけにローンで購入した小さな一戸建ては淡い水色をしていて、教室の後ろの黒板の前に置いてある、おたまじゃくしの入った水槽を思い起こさせた。ドアだけが塗り残したように真っ白で、仲良しの千絵ちゃんからは「恵奈《えな》ちゃんのおうち、かわいい」といつも羨《うらや》ましがられた。

私たちは、この家の中をそれぞれ自由に泳いでいた。ここはまさに私たちの水槽だった。

小学四年生になったばかりの春の日、私はリビングへ置きっぱなしにしていた漫画雑誌を手にしたまま、ぼんやりと窓を見ていた。網戸には、どこからか飛んできた淡い桃色の桜の花びらが、数枚貼《は》り付いて震えていた。すぐに自分の部屋に戻るつもりが、生きているようなその姿につい目を奪われていたのだった。

リビングでは、カーペットの上に座って母が洗濯物を畳んでいた。母は洗濯物を畳むのが下手だった。大雑把でハンカチも父のトランクスもちゃんと形が統一されず、きちんと畳まれていないせいか、間に空気が入って膨らんでいた。

母の周りでぶわぶわと膨らむ布地たちを横目で見ると、私は窓に視線を戻し、指を伸ばして、蝶《ちょう》の羽のような振動を続ける花びらに網戸ごしに触れようとした。

その瞬間、玄関からチャイムの音が聞こえてきた。

「あれ、何だろ」

母はそう言って立ち上がると、その拍子に畳み終えた洗濯物を蹴飛《けと》ばした。崩れていくトランクスの山に「あーあ」とだけ呟き、母はリビングを出て行った。

母が廊下を歩く軋《きし》みがリビングまで響き、ドアを開ける音と同時に、知らない女の人の声がなだれ込んできた。

私は網戸から手を離して、ドアに近寄り耳を澄ませた。

「ごめんなさいね、ほんとに」

変に明るい調子で、早口に母が謝っているのが聞こえてくる。微かに聞きなれない女性の声がした。私は足音をたてずにリビングを出て、廊下の陰から玄関を覗《のぞ》き込んだ。そこでは母と同い年くらいの大人の女性が一気にまくしたてていた。

「そりゃ、男の子同士ですからね、そういうこともあると思うんですよ。でもね、本当に、うちの子は少しも悪くなかったんですよ？　勝手に玩具《おもちゃ》をとりあげられて、取り返そうとしたら一方的に殴られたんですから……お見せしてもいいですけど、ほっぺたが本当に真っ赤になっちゃって。私、もう、びっくりしちゃって。でも謝らないんですよ。人のお家の教育に口を出すつもりはありませんけど、でもね、これはないと思うんですよ」

「うわあ、それはすいません」

母は声を張り上げて、寝癖のついたショートカットの頭を深々と下げた。

女性は一瞬、母の声の大きさに驚いたようだったが、気を取り直してさらに言葉を続けた。

「本当にね、うちの子は、もう繊細なもんですから怖がってしまって、部屋でずっと泣いてるんですよ。お宅は、失礼ですけどずいぶんざっくばらんな家風みたいですけど。うちはね、そういう教育はしていないものですから」

「ほんとにね、うちは乱暴な家なんで……あたしからして、こんな感じなもんで。ごめんなさいね、本当に」

母は掃除をさぼって叱《しか》られている男の子のような調子で頭を下げ続けた。身を乗り出してドアの外を見ると、ピンクの服を着た女性の横で、弟の啓太が俯《うつむ》いていた。その顔色は、青いというより黒く見えた。

さんざん文句を言ったあと、女性は帰っていった。弟は玄関先で固まったまま入ろうとしなかった。頭を下げていた母が、何事もなかったかのように顔をあげた。

「怒られたら、なんか疲れちゃった。あー、甘いもの食べたい」

母は嫌なことがあると、ますます声が大きくなる。わざとらしくTシャツの裾《すそ》から黒ずんだ腹が見えるほど伸びをしてみせ、大股《おおまた》でダイニングへと入っていった。

怒られも慰められもしないまま放置された啓太は、白いドアが開け放たれた向こうで立ち尽くしたままだった。

「啓太、入りなよ」

私はサンダルを履いて玄関へ出て行き、弟の手をとって家の中へと引き入れた。啓太の肩から、桜の花びらが一枚、舞い落ちる。啓太の肘《ひじ》からは血が出ていた。

「ねえお母さん、啓太怪我《けが》してる」

「あ、そう。絆創膏《ばんそうこう》だったら、電話の横だよお」

私は弟を連れてダイニングへ行き、電話の横にある漆塗りの箱の中をさぐった。そこには耳掻《みみか》きと爪《つめ》きりなどがあるだけだった。

「ないよ」

「あ、トイレにあるかもー」

「なんでそんなところにあるの」

「トイレの棚の金具が壊れちゃって。ガムテープが見つからなくってさあ、絆創膏で止めたの、ははっ」

「そんなのすぐはがれちゃうよ」

「わかってるけどさあ、他になかったんだもん」

母の笑い声がダイニングに反響した。夜中の冷蔵庫の振動音と同じように、母が空気を震わせれば震わせるほど、台所がひんやりと静かになっていくようだった。

世界を突き飛ばしたいとき、母はこうして大声で笑う。笑うと母の顔には、真っ暗な穴があく。その喉《のど》の奥にある闇《やみ》がじっとこちらを見ているような気分にさせられる。私は母の中の暗闇から目をそらし、「わかるところに置いておいてよ」と小さく呟いた。

笑い声をあげる母が、私には周りの空気を爪で引っ掻いているように見える。その中に誰も足を踏み入れることができないくらいに、自分の周囲の空気を自分の笑い声でがたがたと震わせる。

母は冷蔵庫から大学芋を出してきてテーブルで食べ始めた。それは本当に食べたくて食べているのではなくて、これしきのトラブルをまったく意に介せず呑気《のんき》に大学芋を食べるサバサバとした自分でいたいのだった。彼女の大雑把な振る舞いがわざとらしいパフォーマンスであることに、私は薄々感づき始めていた。

弟の肘から血が垂れ、私は慌《あわ》ててティッシュで抑えた。

「ちょっと、けっこう深いじゃん。あんた、他は？　どっか、血出てないの？」

「……」

弟は返事をしなかった。弟のだんまりは淀《よど》んだ空気になって母にまとわりつく。それを振り払うようにテレビをつけながら、母が言う。

「恵奈、さっきのおばさんの顔見た？　目、吊《つ》り上げちゃって、可笑《おか》しかったあ。怖かったね。なんであんなに怒るんだろうね」

「知らないよ、そんなの」

私は弟の血を拭《ぬぐ》いながら、適当に返事をした。母がバラエティー番組の音量をあげる。今度はテレビから響く馬鹿《ばか》笑いが部屋の空気を揺さぶり、私は振動させられないように両足に力をこめた。

「なんで皆、自分の子供のこと、そんなに大切なんだろうね。ヒステリー起こしちゃうほどさあ」

「さあ」

「はは、あたしにはぜんっぜん、わかんないや」

母は大学芋を口の中に押し込んだ。

母の口の中で破裂する笑い声から逃れるように、弟は私の腕を振り払い、二階へ駆け上がっていった。

手の中には、弟の血が染《し》み込んだティッシュが残った。生温いティッシュペーパーを握り潰《つぶ》しながら、私は母に言った。

「あんまり、啓太の前でそういうこと言わないほうがいいよ」

「なんで？」

私は返事をせずに、ティッシュペーパーをごみ箱に落とした。母が食べ散らかした煎餅《せんべい》の袋の上に、血が滲《にじ》んだ白い塊が音もなく落ちていった。

「あーあ、またあたし、悪いこと言っちゃったのかなあ？　あたしっていっつもそうなんだよね、デリカシーなくってさあ、皆から叱られるんだよねえ」

笑いながら言う母に、私は答えた。

「私は別に悪いとは思わないけど。別にいいよ。あのおばさんみたいに、産んだからなんて理由で、好きになんかなってもらわなくても」

母は大学芋を箸《はし》でつついていた。甘いものがさほど好きではない母は、大学芋をつぶして醬油《しょうゆ》をかけて食べる。芋の欠片《かけら》がテーブルに飛び散った。それを払いのけながら、母の笑い声が急に止まった。

「そうだね。ごめん、あたし本当にわかんないんだ」

いかにも陽気な女らしく大きく開いていた目と口が萎《しぼ》み、唇の間の暗がりから、途方にくれた言葉が零《こぼ》れ落ちた。

「私は平気だよ」

私は真《ま》っ直《す》ぐに母を見た。

「私にもわかんないもん。私たちだって、たまたまお母さんから出てきただけじゃん。だからって無理にお母さんのこと好きになる必要ないでしょ。お母さんも、私たちがたまたま自分のお腹《なか》から出てきたからって、無理することないよ。そんなのって、気持ち悪いもん」

母の箸の先で、大学芋は形をなくしていた。

私は大きな足音をたてて階段をあがり、二階にある自分の部屋のドアを閉めた。ベランダの窓ガラスには、桜の花びらが一枚、小さな蝶々のように貼り付いていた。

私は窓ガラスをあけた。その瞬間、大きな風が吹いて、淡い水色のカーテンが膨らむ。カーテンの中に、隣の庭から舞い上がった桜の花びらが一枚吹き込んでくる。

私はカーテンに包まれて、じっと風を浴びていた。カーテンに貼り付いた桜の花びらが、震えながら舞い降りる。私の足首を掠《かす》めて柔らかい桃色の欠片が落ちていく。

この家で、私たちは無理に愛し合わなくてよかった。それが私たちを追い詰めてもいたし、同時に、どこかで救ってもいた。


春の雨が降ると、教室は濡《ぬ》れた雑巾《ぞうきん》のような匂《にお》いと男子の騒音でいっぱいになる。

私はベランダのそばに立ち、クラスの中を見回した。箒《ほうき》とサッカーボールで野球をしている男子たちを見回し、私は肩をすくめた。

やっぱり、みんな、小学生だなあ。

私はポケットから小さなパスケースを出した。漫画雑誌の付録についてきたものだ。

その中には少女漫画の切れ端が入っていた。男の子の顔を切り取ったものだ。

別に特にこのキャラクターが好きというわけでもない。ここに本当の男の子の写真を入れるまでの、代替品だ。

私は自分の初恋をずっと待っていた。それが起こったらすぐに相手の写真を手に入れて、こうして持ち歩くと決めていた。

普通の小学生の淡い初恋みたいなのではなく、きちんと相手に気持ちを告げて、子供同士のお遊びではない「本当の恋」を始めるのだ。

私はもう一度溜息《ためいき》をつきながらクラスを見回した。この中には、まだ「本当の恋」ができそうな男の子はいなかった。

だからといって、男の先生というのもいやだ。子供の可愛《かわい》いたわごとだと思われて、「ありがとう、大人になったらね」などと頭を撫《な》でられるのがせいぜいだろう。私は肩をすくめてパスケースをポケットにしまった。

「恵奈ちゃん、何してるの？」

仲のいい千絵ちゃんが近寄ってきた。

「ううん。つまんないなあと思って」

その時先生が入ってきて、千絵ちゃんと私は手を振り合ってそれぞれの席に戻った。机の中に手をいれ、布の筆箱をとりだす。私は筆箱をあけて、中にあるピンクのリップクリームを見つめた。

少しだけ色のついたリップクリームは、駅前のスーパーの一階にある化粧品売り場で買ったものだ。好きな男の子ができたらこれをつけようと決めていた。

蓋《ふた》をあけると、ストロベリーの甘い匂いがした。

「それじゃあ、46ページからねー」

先生の声がして、私は慌ててリップクリームを筆箱にしまい、教科書をめくった。リップクリームに触れた人差し指の先が、熱を持って痺《しび》れている気がした。


家に帰ると、私は自分の部屋に入りドアを閉めた。小さなCDプレイヤーのスイッチを入れると、いつも見ているテレビドラマの主題歌が流れ始める。私はCDにあわせて小さく口ずさみながらランドセルをベッドの上に放り投げ、窓に近づくと鍵《かぎ》をあけて勢いよく開いた。

「ニナオ、ただいまあ」

私は部屋にかえるといつも、すぐ窓をあける。そうするとニナオが生きているみたいに膨らむからだ。

「オナニーをしよ、ニナオ」

私は風に揺れ始めたニナオを見上げて小さく呟いた。正確には、私が「カゾクヨナニー」と名づけている行為だ。

「ニナオ。ね、ほら、オナニーだよ」

さらに呼びかけると、ニナオはまるで私の声に応じるように風に膨らみ始めた。

ニナオは、オナニーのパートナーだからという理由で私がそう呼んでいるカーテンの名前だ。空が溶け落ちてそのまま部屋に流れ込んできたような淡い水色をした、つるつるとしたナイロン素材のニナオは、光を透かせ風によく揺れる。

小さなCDプレイヤーからは切ないバラードが流れ始めていた。今すぐ会いたい、君を幸せにするよ、と男性が歌いあげる。今一番私が好きな歌だ。私は目を閉じて小さな声で歌を口ずさんだ。

「あははは」

微かに、階下から母の笑い声がした。

私はさらに大きく窓をあけ、立ったままニナオと外の風の間に挟まれた。

「はじめるよ」

低く呟くのが合図だった。

その言葉と同時に、ふっと顔の筋肉から力を抜いた私は、「ただいまあ、ニナオ」と小さく呟きながらニナオに手を伸ばした。

そのままニナオに抱きついて、お日さまの匂いがする彼の胸元に顔を埋《うず》める。私はその匂いを嗅《か》ぎながら、ニナオに顔全体をこすりつけた。

「ニナオ。私、今日体育のとき50メートル走で一番だったんだよ。偉い？」

よく頑張ったね、というように、ニナオに頭を撫でられる。

私は目を瞑《つぶ》り、おでこを柔らかく撫でられる感触に没頭した。

「ニナオ。ね、あとね、今日やなことがあったの。宿題のプリント、山本さんと熊野《くまの》さんに写させてって言われて、貸してあげたんだけど、二人とも算数の時間になってもなかなか返してくれなかったの。提出するのが遅いって先生に叱られちゃったんだよ」

それは大変だったね、とニナオは私の背中を撫でる。私は自分の日常を吐き出しながら、ニナオに体中を撫でられていた。

つるつるとしたニナオの端をつかむ。手を繋《つな》ぐように優しくそこを握り締めると、ニナオのひんやりとした体温が伝わってきた。ニナオと手を繋いだ私は、そのままニナオを見上げた。網戸から吹き込む風を身体《からだ》に受けていると、それはニナオの呼吸のようでもあったし、ニナオと一緒に日当たりのいい小さな部屋で風を浴びているようにも感じられた。

「ニナオ。ねえ、ニナオ」

ニナオに顔を埋めて呼びかけるたび、自分の名前が呼ばれているような気持ちになる。私はニナオにくるまった。視界がニナオの淡い水色一色になる。ニナオは風で震えて膨らむと、今度は網戸に吸い寄せられて私の全身を抱きしめた。

しっかりと手を繋いだ私とニナオは、名前を呼び合いながら何度も顔を寄せ合った。胃の少し下あたりで痛んでいた自分の欲望が、和らいできたのがわかる。欲望の「処理」が終わったのだ。私はすっとニナオから離れて、繋いでいた手を離した。

「今日はお終《しま》いだよ、ニナオ」

足に鬱陶《うっとう》しく絡《から》みつくニナオを蹴飛ばし「終わり」の合図をすると、私は素早く窓を閉めた。

ニナオはスイッチが切れたように動きを止め、只《ただ》のぶら下がった布になった。

「カゾクヨナニー」を終えた私は、ニナオに背を向けて音楽プレイヤーに手を伸ばした。とっくに演奏を終えてしまっていたCDを、また最初から再生する。

再び流れ出した音楽に合わせて口ずさみながら、私はすっきりとした自分の下腹を撫でた。そこはきちんと空洞になっていた。自分の欲望が的確に処理されたのを感じると、私はベッドのクッションに寄りかかりながら、満足げに微笑《ほほえ》んだ。

千絵ちゃんの家で遊び、お昼の時間になって家に帰ると、たまたま母が出かけようとするところだった。

「あ、恵奈、あんたも来て。靴を買わなきゃいけなかったでしょ。サイズはからないといけないから」

「どこいくの？」

「いいから急いで。友達と約束してるんだけど、ついでにデパートに寄るから。靴のためだけにわざわざ行くのは面倒でしょ。ほら、早く」

私はしぶしぶ、母に連れられ電車に乗って十五分ほどのところにある繁華街へと向かった。

駅前では母の友人が待っていて、二人は近くのレストランに入って一緒にご飯を食べ始めた。私はあまりおなかがすいていなかったので、パフェを注文した。母は友人から旅行のお土産をもらったり写真を見たりしながら、楽しげに喋《しゃべ》り続けていた。

母の友人がふと目を細めて言った。

「恵奈ちゃん、やっぱり芳子《よしこ》と目が似てるわねえ。いいなあ、子供。私も欲しいわあ」

それをお世辞と思ったのか、母は唇の横についた泥のようなカレーを手の甲で拭いながら言った。

「ごめんね。折角久しぶりに会えるっていうときに、子連れなんかで来ちゃって。邪魔でしょう、この子」

「そんなこと、あるわけないじゃない」

母の友人が思わずといった感じで私の顔を見たが、私はパフェの上のさくらんぼを口に運んでいるところだった。

「まあ、四年生にもなればそれなりに大人しくしてるから。気にしないでね。それより、そっちの写真も見ていい？」

「……恵奈ちゃん、パフェおいしい？　こっちのデザートもいる？」

母の友人は、自分が食べているエビフライの定食についてきた小さなアイスクリームを私に差し出した。

「うん、食べる」

私は笑顔でアイスを受け取り、それを一口ですくって食べた。

それから私は流し込むようにパフェを食べ続けた。子供の私には大きいパフェだったが、飲み込むたびに柔らかくて冷たいものが私の食道を撫でていった。

「いいなあ、旅行。あたしもしたいなあ……」

母は友人の出した写真に夢中だった。

母の笑い声がレストランに響いていた。私は何度も何度もアイスクリームを飲み込んだ。内臓を撫でられている。その感触が腹へとおりていく。

食事を終えて、母は友人と手を振って別れた。

「……あ、そうか、スニーカー買いに行かなきゃならないんだっけ」

横にいる私の顔を見て、母は急に現実に戻されたように呟いた。

母は駅前のデパートに入ると私を運動靴のコーナーに連れて行き、大きめの靴を二足買った。

「これでしばらく大丈夫でしょ。あんた、あんまり成長しないでよね。いちいち買い換えるの大変なんだからさあ」

私はスニーカーを買う母の手元をじっと見ていた。母の黄ばんだ爪が、灰色の千円札を数枚掴《つか》んだ。親指の爪は割れていた。母は、店員の手を引っ掻く勢いで銀色の小銭を受け取り、紙袋を置いたまま歩き出した。

私は袋を受け取ると、黙ったまま母の後ろを歩き始めた。前を歩く母の右手の隙間《すきま》から銀色に反射する小銭が覗いていて、光の塊を握りつぶしているように見えた。

母はいつも、子供のように途方にくれていた。

普通の母親からは温泉のように「湧《わ》いて出てくる」らしい感情が、母には存在していないのだった。母にとっては私たちの世話は仕事だった。私にはそれで十分だった。産んだというだけの理由で私たちにご飯や学校などのお金をかけないといけない両親に同情しつつ、親というのは随分と好都合な存在だと思っていた。

私と母は縦に並んで歩いた。母は手を繋ぐのが好きではなかった。私は母の筋肉と脂肪が絡まった黒ずんだ肉体に、ほとんど触れたことがない。後ろから見るとジーンズに包まれた母の尻《しり》は奇妙にでかかった。母はぼさぼさのショートカットの髪を揺らしながら、向こうの通りを歩いている子供を見た。

「あっぶないなあ、あんなに車道に近づいて。子供ってちょろちょろして、本当に面倒だよね」

少し足を速め、前を向いたまま母が言った。

私は返事をせず、スニーカーの入った袋を下げた手に力をこめた。

「お母さん、私、本屋に寄って帰る」

「ん、じゃあね」

母は振り向かないまま、軽く手を振って見せた。私はそのまま駅前の本屋へ行き、恋愛小説を買った。

家まで我慢できなくて、そばの公園へ行き、日当たりのいいベンチに腰掛けて読み始めた。

私はうっとりと本の表紙を撫でた。そこでは目の中にたくさん星がある男の子と女の子が、今にも抱き合いそうなほど近くで見つめ合っている。女の子の胸は大きく腰は細かった。私は平たいままの自分のTシャツの胸元を撫でた。クラスでも三番目に背が低い私に、早くこの肉体が膨らめばいいと私は思っていた。

なかなか第二次性徴はやってこなかった。

恋ができる肉体になりたい。私はその瞬間を待ち続けていた。


「これ、あなたのじゃない？」

熱心に小説に没頭していた私は、涼しげな声に顔をあげた。

日光の下で黒い文字を追っていたせいか、視界がぐにゃりとぼやけた。

「大丈夫？」

何度か瞬《まばた》きをするとやっと焦点が合い、セーラー服姿の綺麗《きれい》な女子学生が微笑んでいるのが見えた。

「あ……はい」

「これ、あそこに落ちてたんだけれど、違う？」

見ると、女子学生が差し出しているのは私のポシェットだった。スニーカーと本屋の紙袋に気をとられて落としてしまったのだ。私は慌てて何度も頷《うなず》いた。

「そうです！　ありがとうございます」

「そう、よかった」

女子学生はセーラー服の真っ白いスカーフを揺らしながら、私にそっとピンクのポシェットを手渡した。その指先は冷たく、水に触れたような感触にびっくりして思わず手をひっこめそうになった。

彼女は髪をかきあげて私を見つめた。風が吹きセーラー服の裾がはためいて、真っ白な膝《ひざ》が見えた。

「今日は、学校はお休み？」

「はい、あの、土曜日なので……」

彼女は切れ長の大きな目をしていて、桜の花びらがひっかかってしまいそうなほど睫毛《まつげ》が長かった。

「そうなの。いいわね。本が好きなの？」

「あの……はい」

「どんな本、読んでるの？」

顔を近づけられ、耳が赤くなった。

「あの、恋愛小説です」

「素敵ね」

馬鹿にされるかと思ったのに、女子学生が優しく微笑むので嬉《うれ》しくなった。

その女子学生は、今私が撫でていた表紙にいる女の子みたいだった。胸は膨らみ、腰は細く、すらりと背が高い。細く伸びた手足に、小さい顔は、驚くほど精密に整っていた。思わず見とれていると、女子学生が言った。

「そろそろ五時になっちゃうわよ。帰らなくて大丈夫？」

「あっ」

私は慌てて女子学生が指差した公園の時計を見た。門限があるわけではなかったが、必ず五時には家に帰るようにしていたのだ。

「帰ります！　あ、あの、ありがとうございます」

「気を付けてね」

女子学生は小さく手を振ると去っていった。

ああいう人なら、きっとすぐにドラマや少女小説みたいな恋愛をするのだろうな、と思った。いや、もうしていて、素敵な恋人がいるのかもしれない。私は、彼女のセーラー服に包まれた後姿を見つめ、それから自分の痩《や》せた太ももに視線を落とした。

お前にはまだ早いとあざ笑うように風が吹いて、読みかけの恋愛小説のページが激しくめくれていった。止めようと指を差し込んだ瞬間、ページの一枚が、人差し指の先を切った。私は届かない世界に感電したように、息を呑《の》んで手を引っ込めた。

門をあけようとして、駐車場に車があるのに気付いた。珍しく父が家にいるようだった。

電機メーカーに勤めている父は、平日はいつも遅くに帰ってくるし、土曜は朝早くから車で出掛けて日曜の夜遅くまで帰ってこないことが多い。昔「お父さん、どこに出掛けてるの？」と聞くと、母は「ゴルフよ、ゴルフ」と面倒そうに答えた。けれど、毎週泊りがけでゴルフに出掛けているはずなどないと子供の私にもわかっていた。

玄関のドアをあけると黒い大きな革靴が並んでいた。部屋に戻ろうと二階にあがると和室から母と父の声がして、またか、と顔をしかめた。

二階の廊下の一番奥が私の部屋で、父母の寝室である和室の前を通らないと部屋に入ることができない。私は啓太の部屋の前で立ち止まったまま、溜息をついた。和室からは父の低い声が漏れていた。

「恵奈と啓太が可哀想《かわいそう》だろう。もっと母親らしくしてくれよ」

「してるよ。あたし、毎日ご飯つくってる。洗濯も掃除もしてる」

「そういうことじゃないだろ。お前がそんなだから、俺だって家に早く帰る気をなくすんだよ」

「主婦としての仕事は全部ちゃんとこなしてるのに、何でだめなのか、ぜんぜんわかんない」

　母の乾いた笑い声が障子を振動させた。

「こなすってなんだよ、仕事を辞めさせた俺へのあてつけかよ？　子育ては、仕事じゃないだろ。もっと愛情を持てって言ってるんだよ」

「あるかどうかわかんないものを、与えろって言われても無理だよ」

「よくそんなことが言えるな。母親だろう」

　少しの間のあと、母の声がした。

「産んだからって、どうして必ず愛さないといけないの？」

　その疑問は母からぽろりと転げ落ちて、廊下を転がってきた。私は、母の疑問が揺らした世界を見つめるように、廊下の暗がりを見つめていた。

「皆、おかしいよ。思い込みが激しすぎるよ。私は、二人がもっと大人になるまでは、気が合う人なのかどうかもわかんないよ」

「……おかしいのはお前だ」

父が出てくる気配がして、私は急いで階段に戻り、音を立てないよう用心しながら身体を隠した。

襖《ふすま》が開く音と、乱暴にドアを閉める音がした。父は和室の隣にある書斎へと入っていったようだった。

平日の夜やたまに週末家にいるときも、ほとんど今のように書斎にこもっているのだった。

鍵を閉める音がすると、私は音を立てないように階段をあがった。私は父の乱暴な手の衝動でまだ微かに振動しているようなこげ茶色のドアを横目で睨《にら》みながら通り過ぎた。父の言うことは、ときどきすごく薄気味が悪い。

けれど学校の皆は、当たり前のようにそのような常識の中で暮らしていた。三年生のころ、母の日が近づいたある日の休み時間、皆は、お母さんに何をしてあげるかという話を熱心にしていた。

「私はね、肩たたき券」

「うちはね、お姉ちゃんとハンカチを買うことにしたの」

「私はね、一日、お母さんの代わりに家事をやってあげるんだあ。お料理もお掃除も、ぜんぶするの」

千絵ちゃんが嬉しそうに言い、「すごおい」「千絵ちゃん、偉いねえ」と皆、感嘆の声をあげた。

「恵奈ちゃんは？　何あげるの？」

突然話を向けられた私は、身を乗り出した千絵ちゃんの目頭に溜《た》まった白い目やにを見ながら、肩をすくめた。

「私？　何もあげないよ」

「え、そうなの？」

「カーネーションのバッジは？　学校で作った紙のやつ。あれもあげないの？」

「うん。捨てちゃった」

「えー、もったいない。どうしてあげないの？」

「え、だって、私、別にお母さんのこと好きじゃないし」

何気なくそう答えると、その場がしんとなった。

奇妙な空気に気がつき、私は慌てて付け加えた。

「実はさ、今、喧嘩《けんか》してるの。だからあげないだけ」

笑ってみせると、皆ほっとして表情を緩ませた。

「なんだあ。だったら、なおさら、あげた方がいいよ、恵奈ちゃん」

「そうだよ。恵奈ちゃんのお母さん、絶対に喜ぶよお」

千絵ちゃんが自分の言葉をまるで疑いもせず、目尻を下げて笑いながら生温い手で私の腕を摑《つか》んだ。

うちの母親は別に喜ばないだろう、と私は思ったが口には出さなかった。

「なんで喧嘩したの？」

「えーと、弟のこととか」

「あ、うちも、妹の世話ばっかりさせられて、お母さんと喧嘩したことある」

「そうそう、下の子ばっかり可愛がって、やだなって思うこと、あるよねー」

私はうんうんと適当に頷きながら、家での常識は外では通用しないことを知った。異端児にならないように気を付けながら、私は話をあわせて笑った。それから、外で家族について話すときは、用心深く言葉を選ぶようになった。

書斎の前を通ってこっそりと部屋へ戻る途中、和室の隙間から中を覗いた。母の裸足《はだし》の足が、畳の上に転がっていた。

少し黒ずんだ、脂肪と筋肉で膨れた母のふくらはぎ。その先に、私が10年前にあけた肉のドアがある。

この世には、狭い暗がりから世界に向けたドアが無数にあって、私はたまたま、母の足の間についているドアを開けただけだ。この世に出てくるために蹴破った、血と肉でできた扉。

「本当の家族」とは、血なんて理由ではなく、私だからという理由で選ばれるということだ。「本当の恋」をして結婚すれば〝自分たちの子供だから〟ではなく〝私だから〟という理由で自分を探し出してくれた人と共に家を作ることができる。

母の爪先《つまさき》が蠢《うごめ》いた。どうやら、頭だけをベランダに出して寝そべっているようだった。母はよく草原にでも寝転ぶように、そうして空を見ながら部屋に寝転んでいた。

今の母は、誰かに見せるためではなく、本当に途方にくれて寝転んでいた。母は家に帰りたくない子供が寄り道でもしてるみたいに、いつまでも部屋の隅で寝そべっていた。

このときが母の真実の時間で、家事をしたりご飯をつくったりしているのは嘘《うそ》の時間なのだと思った。

ふっと、肌が縮む感じがして、それが寒気だと気付いた。「処理」しなければいけない欲が下腹に生まれたのを感じると、私はそっと和室の前を通り過ぎ自分の部屋へ入った。

部屋にある大きな窓の右端に、縮まったニナオがいた。

私はニナオを大きく開いた。窓全体に広げると、淡い水色のスクリーンがあるようだった。

「ニナオ。はじめるよ」

私はスイッチを入れるように呼びかけた。ニナオの中に潜って窓を開けると、外から生温い風が吹き込んできて、少し湿り気のあるニナオが私に貼りついた。

「ニナオ……ニナオ……」

私は繰り返し呼びかけた。ニナオが私の首筋を撫でていく。心地よさに、私は自分の呼吸と風が混ざり合う中ですわりこみ、ますます深くニナオの中に顔を埋める。私はカゾクヨナニーの快楽の中に沈んでいった。

この行為を私が始めたのは、一年ほど前のことだ。

私はクラスの男子が「オナニー」という言葉を大声で言って、周りの男子と笑いあったりしているのを何度か聞いていた。その不思議な言葉について担任の女の先生に聞くと、「難しく言えば、自分の欲求を自分で処理する、みたいな意味よ」と困った顔で早口に教えてくれた。「それにしても、誰がそんなこと言ってたの!?」と追及されたが、先生が何故《なぜ》いきなり怒るのかわからなかった私は、答えずに走り去った。自分の欲求を自分で処理する。そのちょっと難しい言い回しだけが、耳に焼き付いて離れなかった。

私は自分でもそれをやってみようと思ったのだった。

まずやってみたのは、食欲。これはわりと簡単だった。食べ物の匂いをかぎながら、食べているところを想像するのだ。そうすると、一時的にだが食欲がおさまった。

私はいろんな欲を自分で処理するのに夢中になった。トイレと睡眠はうまくいかなかった。けれど、寒さからくる温《ぬく》もりたいという欲は赤い折り紙を並べてじっと見ているとおさまったし、音楽が聞きたいという欲求があれば、耳の中で音を想像してそれがおさまるのを待った。

けれど私が一番夢中になったのは、「家族欲」の処理だった。

私は、睡眠欲や食欲と同じように「家族欲」というものが自分にあるのを感じていた。そして、それを自分で処理することにチャレンジした。そして、私はとても上手にそれを始末することに成功した。私にとって「家族欲」は、排便や排尿と大して変わらない単なる生理現象だったのだ。

性の知識が浅かった私は、食欲も睡眠欲もなんでも、欲望を自分で処理することをオナニーというのだと思っていた。だから家族欲を自己処理している自分の行為も、オナニーと呼んだ。

「カゾクヨナニー」に没頭する私とニナオは、抱擁《ほうよう》と解放を何度も繰り返しながらだんだんと互いの温度を溶け合わせていった。私の温度がニナオに染み込み、ニナオのひんやりとした身体は私の熱っぽい肌を冷ましていく。

全身をニナオに包まれながら、私は目を閉じた。ニナオには意思があるのだと錯覚しそうになるほど、ニナオは不思議な動きで私の頭、頰、耳たぶの端、背中、ひじ、かかと、私の全てを受け止めるように撫でていく。私は全身をニナオに預けていた。ニナオはその身体の全《すべ》てで、私を受け止めていた。

風で窓に吸い付くニナオに静かに抱きしめられ、自分の中の「家族欲」は着実に始末されていく。

弟の部屋から、微《かす》かにおもちゃか何かを壁に投げつけた音がする。弟はばかだなあ、と私は思う。ないものは作ればいいのに。こんなに簡単に自分で処理できるのに、なぜ弟は母に欲望の処理を求めるのだろうと思った。

抱きしめられたままニナオの中でしゃがみこみ、うとうとと眠りに引きずり込まれそうになりながら、私は小さいころよく絵本で読んだお姫様たちのことを考えていた。王子様と出会って結婚するお姫様たち。絵本の最後にある、めでたしめでたし、のその先に私の「本当の家」があった。私はその家を目指してこの「仮の家」で、肉体が膨らみ大人の形に成長するまで、ただ生き延びているのだった。

2

五年生にあがり、私は微かに膨らんだ胸に三角のブラジャーをつけるようになっていた。

本当は私の乳房はまだスポーツブラで十分なほどしか膨らんではいなかったが、自分のTシャツの背中から細い線が透けているのを鏡で見ると、大人になったようで嬉しかった。

私は相変わらず恋愛小説を読みふけり、「家族欲」が膨れれば、ニナオとのカゾクヨナニーで処理した。

一度、ふと思いついて、辞書で「家族」を調べてみたことがある。

そのときも私はカゾクヨナニーの途中だった。ニナオの端をつかんだまま部屋の本棚に手をのばし、埃《ほこり》をかぶった辞書をとりだした。

それを抱えたままニナオの内側にもぐり、指をなめて薄いページをめくった。「家族」という箇所をやっと見つけて、私は浅い深呼吸をした。ニナオと反対側にある窓からは冷たい風が染み込んできて、ニナオと私の髪の毛を揺らしていた。

私は挑むように睨みつけながら、「家族」の下に書かれた文字を読み始めた。

「血縁、婚姻などによって結ばれた小集団」

そこに書かれていた文章は、漠然としていて私にはよくわからなかった。その隣にならぶ「家族制度」という言葉が気になり、「制度」を辞書で調べた。

「社会的に定められているしくみ。」しくみ、を辞書で調べ、文字の中を旅していると、「システム」という言葉にぶつかった。

「システム。システム」

私はその金属のようなひんやりとした言葉を、小さな声で繰り返した。そうか、家族はシステムなんだ。その機械的な響きが気に入って、私は何度も呟《つぶや》いた。そうすると、母や父が機械仕掛けのように自分たちに食べ物やお金を与えていることがとても可笑しく思えた。

「システムだって、ニナオ。おかしいね」

声を押し殺して笑いながら、私はニナオの表面に顔をよせた。つるつるしたニナオの表面は、一緒に笑っているかのように風に振動した。

五年生になってからは、クラスの中でもちらほら付き合う子たちが出てきていた。私は自分たちの中に起こり始めた波を、期待をこめて見つめていた。

その波は当然いつか自分を飲み込むだろうと感じていた。初潮がゆっくりと私たち女子を覆《おお》い尽くしつつあるように、恋愛という波も、待っていれば自然に自分を包み込むと単純に信じていた。

千絵ちゃんとはまたクラスが同じになり、もう一人、五年生から一緒になった瑞希《みずき》という女の子と三人で、休み時間にお喋りをしたり一緒に帰ったりするようになった。

瑞希はお嬢様っぽいロングヘアで、いつも髪をおろし耳の脇《わき》の束を編みこみにしていた。けれど性格はさっぱりしていて、むしろ男の子っぽく感じるくらいだった。

「お母さんがいつも結うの。本当はショートにしたいんだけど」

「へえ、可愛いのに」

「あたし、こんなの嫌い」

瑞希はピアノやバレエのお稽古《けいこ》事をしていて、放課後はいつも忙しそうだった。けれどそれらに関しても、「どっちも大っ嫌い」とよく言っていた。

恋の話が大好きな千絵ちゃんが、昼休みにベランダで声をひそめながら私たちに顔を近付けた。

「ねえ、瑞希ちゃんって、好きな男の子いないの？」

瑞希は風でなびいた長い髪を押さえながら、つまらなそうに言った。

「いないよ。男子、馬鹿ばっかりじゃん」

「恵奈ちゃんは？」

「それが、まだよくわかんない」

私はベランダの手すりに寄りかかり、中庭でドッジボールをしているクラスの男子を見ながら言った。

四年生のころと比べると、男子はだいぶ大人になっていた。冷やかされたりしない程度にこっそりとではあるが、男子が女子にさりげなく親切にしたり優しい言葉をかけたりするような少女小説っぽい一瞬が、日常の中にたまにはさみこまれるようになっていた。

私は今までと逆の症状に悩まされていた。いろんな男の子に胸が高鳴って、誰を本当に好きなのかさっぱりわからないのだ。

好みのタイプは、と聞かれたら、席が近い男の子です、というのが的確だというくらい、私の好きになる男の子は隣の席とか斜め前とかばかりだった。この子だ、と思っても、席替えをするとすぐに気が変わってしまう。

告白する暇もないくらい、私の心臓はすぐ動悸《どうき》した。恋愛機能が故障しているんじゃないかと心配になるくらいだった。これが「恋に恋している」状態であることくらいは、私にもわかっていた。

溜息をつきながら、私はスカートのポケットに手をつっこんだ。そこにはまだパスケースが入っている。私はまだ誰の写真も入れることができずにいた。

中庭では、何も知らない男子たちが無邪気にボールをぶつけあって笑っている。一人の男の子の背中にぶつかって跳ね上がるボールを見ながら、私は呟いた。

「はやく、『本当に』好きな人ができないかなあ」

千絵ちゃんが私に並んで男子を見下ろした。

「そうだねえ。うちのクラス、あんまり格好いい人いないもんね」

「顔なんかどうでもいいよ。高橋くんなんて、可愛い女の子の告白、すぐいいよーって言っちゃうじゃん。あれじゃ、小学生の恋愛ごっこって感じ」

「小学生のって、だって、あたしたちまだ、小学生じゃない。恵奈って変なの」

瑞希がこちらを見て笑った。ちゃん付けで呼び合う私と千絵ちゃんと違い、瑞希は私を名前で呼んだ。つられて私も瑞希を呼び捨てで呼ぶようになったが、友達を呼び捨てにするのは初めてで、何となく大人っぽく感じられ、呼ばれるたびにどきりとしてしまう。

千絵ちゃんがベランダの手すりに頬杖《ほおづえ》をついた。

「でも、恵奈ちゃんの気持ち、わかるなあ。高橋くんってちょっと格好いいけど、やらしい冗談ばっかかり言うし。ね、それより月曜のドラマみた?」

「見た！　でも、あれも駄目。女のほうが二人の間で迷ってばかりいるんだもん」

私たちの会話を聞いていた瑞希が、吹き出した。

「恵奈の理想って、なんか厳しいんだね」

瑞希は、普段は少しきつそうにも見える大きな目を可笑《おか》しそうに細めた。口調がさばさばして話しやすく容姿も目立つ瑞希は密《ひそ》かに人気があり、隣のクラスの青木くんが瑞希を好きだという噂《うわさ》もあった。

瑞希は、色素の薄い長い髪を、小さな手でかきあげた。大人びた仕草と、髪の毛の隙間から見えた白い首に、私は目を奪われた。中庭に視線を戻すと、クラスメイトの男の子が一人、私と同じように瑞希の長い髪に見とれていた。あれは「本物」なのだろうか、と私は思った。本物なら内臓がひっくり返るほど羨《うらや》ましいし、偽物《にせもの》ならどうでもいい。そんなことを考えていると、「恵奈、何笑ってるの」と瑞希が細い首をかしげた。

弟の部屋をノックすると、わざとらしくかすれた声で応答があった。

「だれ？」

「私。さっき、クラスの子が来たよ。プリントと、給食のゼリーだって。入っていい？」

「うん」

弟のかぼそい返事が終わらないうちにドアをあけて中に入った。ベッドに横たわった弟は、いかにも具合が悪そうにパジャマの胸元を握り締めていた。

「熱は？　8度以上あるんでしょ。それってどれくらい熱いの？　ほら、おでこ触らせてよ」

「……やだよ、うるさいなあ。それにもう下がったし」

弟はきまりわるそうに答えた。仮病だということはわかっていた。仮病のとき、弟はいつも古い水銀のほうの体温計を使う。さかさにして振ると温度があがるからだ。今回はやりすぎたみたいで、大して顔色も悪くないのに8度5分を示した体温計がダイニングのテーブルに転がっていた。

そんなことしなくてもうちの母親ならすぐに休ませてくれるのに、と思いながら弟の勉強机の前にある椅子《いす》に座った。

「あとこれ、連絡ノート。先生から何か書いてあったよ」

弟は黙って受け取り、熱心にそれを読んだ。思うように母の気を引けない弟は、担任の先生とか近所のおばさんとか、そうした身近な大人の気を引こうと苦心するようになっていた。ノートには、早く元気になってね、などという陳腐な言葉が書かれているだけだろう。しかし弟は、その中にある僅《わず》かな甘さを吸おうと必死なようだった。はたから見ていてみっともないとは思ったが、ニナオとカゾクヨナニーをする私の様子と似ているようでもあった。

弟の部屋は北向きでいつも薄暗い。藍色《あいいろ》の霧に包まれているみたいだった。ベッドの上でむずかるような咳《せき》をしている弟に、私は尋ねた。

「ゼリー食べる？　ぬるいけど」

「何味？」

「ぶどうかな」

「食べる」

弟は寝そべったまま手を伸ばした。

「ミルメークは？　牛乳もってきたけど、飲む？」

「それはいらない」

弟は珈琲《コーヒー》味があまり好きではなかった。そう言うと思ったから牛乳を持ってきたのだ。「じゃ、もらうよ」私は牛乳の中にミルメークを入れ、スプーンで溶かした。

それを見ていた弟が、小さな声で言った。

「姉ちゃんは、自分たちのこと、かわいそうって思ったことない？」

「は？　なんで？」

「何でって……母さん、ちょっと変わってるじゃん」

「まあね。でも、私はそんな風に考えたこと、一度もないね」

私は鼻で笑い、スプーンを取り出して甘い珈琲味になった牛乳を舐《な》めた。

「他の家がうらやましいとか、思わないの？」

「少しも思わないね」

私は即答した。

「そっか」

弟はうつむいてゼリーをすすった。

弟は私と傷を舐めあいたかったのかもしれない。しかし、傷ついていない人間と傷を舐めあうことはできないのだった。

「そんなことよりね。私さ、今、隣の席の男の子が好きなの。すごく優しいんだ。この前、定規を忘れたらね、貸してくれたの。プラスチックのやつじゃなくて、ちゃんと30センチの竹の長いやつ、貸してくれたんだよ。いいと思わない？」

「ふうん」

弟は興味なさげだった。私は肩をすくめた。弟はなんでこんなに頑《かたく》ななのだろう。

私はミルメークを飲み終えると弟の部屋を出た。唇を舐めるとまるで、弟が吸いたがっている甘い蜜《みつ》のような味が舌に絡み付いてきて、私は顔をしかめた。

学校の帰り道、千絵ちゃんと曲がり角で別れたあと、「喉《のど》が渇いた。ちょっと休んでいかない？」と瑞希が言った。頷くと、瑞希は「ちょっと待ってて」と、コンビニに入った。自動ドアから出てきた瑞希が、水滴が浮かんだ缶ジュースを私に差し出した。

「これ、恵奈の分」

「え、いいの？」

「いいよ、これくらい」

「瑞希って、お金持ちだね」

と言うと、「そんなことない」と素っ気無く、早口で言われた。

私たちはコンビニの前にあるベンチに腰掛けてジュースを飲み始めた。

「千絵ちゃんも誘えばよかったね」

「いいよ、また今度で」

「何で今日は私のことだけ誘ったの？　瑞希って、千絵ちゃんのこと嫌い？」

と聞くと、瑞希は少し顔をしかめた。

「そんなことないよ。ただ、あの子ちょっとベタベタしてるから。一緒にトイレ行ったりとか、おそろいの髪飾りとか、あたし、そういうの苦手なんだ。それだけ」

「ふうん」

瑞希の買ったジュースは桃の果肉がたくさん入っている、大人の飲むようなやつだった。瑞希が、月に1万円お小遣いをもらっているという話を聞いたことがあることを思い出し、私はつい溜息《ためいき》をついた。

「瑞希はいいな。お小遣いたくさんだし。うちはね、お年玉もあんまりもらえないんだー、お母さん、忘れちゃうから」

「よくないよ」

「なんで？」

「わかんないけど、うちの親ってあたしのことすっごく甘やかそうとするの。それがあんまり好きじゃないんだ。だからお小遣いもお年玉も、普通のほうがずっといい」

「もらえるものはもらっておけばいいのに」

私が言うと瑞希は少し気に障《さわ》ったようで、高い鼻の上に皺《しわ》を寄せた。

「そういうの、嫌なの。早くアルバイトして、自分でお金を稼げるようになりたい」

「それって高校生くらいになるまで無理なんじゃない？」

「そうだけど……子供なんて、つまんない」

「そうかなあ」

「すごく甘やかされるんだもん。なんだか変な感じがして」

思わず私は身を乗り出した。

「やっぱ、大人って変だよね。親って変」

「えっ？」

瑞希は面食らった様子で聞き返した。

「どこの親も、千絵ちゃんの何十倍もベタベタしてるじゃん？　そういうの、ばっかみたい」

桃のジュースを流し込んでほっと息をつくと、瑞希が大きな目をさらに丸くしてこちらを見つめていた。

「恵奈って、変な子だね」

「そうかなあ。皆のほうがおかしいんだよ。瑞希みたいに迷惑に思う子供だっているのにさあ」

真剣に言ったのに、瑞希は声をあげて笑った。

ジュースを飲み終えると、私たちはまたランドセルを背負って通学路を歩きはじめた。

「おなかへったあ。あ、ラーメン屋さんだ」

私はラーメン屋の前にある、プラスチックのラーメンのディスプレイを見ながら、何度も深呼吸をし、噛《か》むふりをして口を動かした。

「何やってるの？」

不思議そうに瑞希に聞かれて、私は自慢げにこたえた。

「こうすると、お腹《なか》が減ってるのがおさまるんだよ。匂《にお》いをかぎながら歯をかちかち鳴らすの」

「うそだよ、そんなの。もっとすいちゃうんじゃないの」

「そんなことないよ。そりゃ、ずっとじゃないけど、しばらくおさまるもん。本当のごはんが出てくるまで、こうやって我慢するの。いつもやってるんだ」

「へえ」

瑞希は首をかしげた。

「ショクヨナニーっていうんだよ。私が名前つけたの」

「ショクヨ……なに？」

「ショクヨナニー。食欲のオナニーだからショクヨナニー」

顔をしかめて、瑞希は私の手をひいた。

「それっていやらしい言葉でしょ。そんなこと、言わないほうがいいよ」

「そうなの？　男子が言ってたから、先生に意味を聞いたら、いろんな欲を自分で処理することをオナニーっていうんだって言ってたよ」

「いやらしい欲だけよ。そんなこと言うなんて、やっぱり男子ってくだらない」

自分がくだらないと言われたようで思わずしゅんとすると、慌《あわ》てて瑞希が言った。

「恵奈のこと言ったんじゃないよ。恵奈は意味、知らなかったんだし。でも食欲を自分で処理できるなんて、恵奈ってすごいね」

「そう？」

私はほっとして顔をあげた。

「私ね、いっつも工夫してるの。工夫しないで文句言うのは嫌いなの。お腹が減ったときも、眠いけど寝ちゃいけないときも、何か足りないものがあるときは、自分で工夫するんだ」

「ふうん。すごいな」

瑞希が飾り気のない調子で、本当に感心したように言うので、私は得意になった。

「あのね、寒いときはストーブをつけなくても、赤い折り紙をみていると暖かくなるんだよ」

「ああ、それは何か、聞いたことがある。先生が前に言ってたよね」

「そう。身体《からだ》は寒いままでも、脳が温かいって思うんだって。だからショクヨナニーも、匂いをかぎながら噛むふりをすると、脳が食べてるのと勘違いするんだと思う」

「脳を騙《だま》すってことね」

瑞希の大人びた言い方に、私は嬉しくなって頷いた。

「そう、それ！　脳を騙しさえすれば、大抵の欲望はおさまるんだよ。すごいでしょ」

「うん」

「瑞希にももっと教えてあげるね。何か足りないものがあるときは私に言いなよ。一緒に工夫してあげる」

瑞希が綺麗な唇を開いて笑った。瑞希がそんなに顔全部で微笑《ほほえ》むのを見るのは、初めてなような気がした。

「ありがと。恵奈、あたし、恵奈ってすごいと思うよ。ほんとにね。困ったら恵奈に言うことにする」

瑞希は真《ま》っ直《す》ぐにこちらを見た。その薄茶色い瞳《ひとみ》が自分に差し出された勲章のように思えて、私は濡《ぬ》れて光るその茶色い円を見つめながら、恍惚《こうこつ》として頷いた。


家に帰ると、弟の靴がないのに気がついた。私はうんざりしながらランドセルを玄関に放った。一応家を探してみたが、案の定弟はどこにもいなかった。

弟は、たまにこうして家出の真似《まね》をすることがあった。大抵は、公園に隠れているか駅前のスーパーをうろついているかで、すぐに見つかった。いかにも見つけてほしそうに隠れているのが鬱陶《うっとう》しかった。

どうせなら電車にでも乗ってどこかへ本当に家出すればいいのに、そこまでの勇気はないのだ。見つかる範囲のところで、じっと自分を可哀想がりながらうずくまっている。

弟がいないと聞いたときの、母の反応を見せてやりたかった。

「またあ!? あたし、今日は疲れてるんだけどなー」

溜息をつき、私の肩をたたいて、「恵奈、あんた探してきてー。今日はもう部屋着に着替えちゃったしさ、家出たくない」と肩をすくめた。

私達は探されない子供なのだ。そんなことにも気付かない弟に苛《いら》つきながら、私は弟がいそうな公園を一つ一つ見てまわっていた。

弟が行く公園は限られていたので、すぐに見つかった。駅前のスーパーのそばにある児童公園のベンチに腰掛け、犬の散歩をしている人たちをぼうっと見つめていた。

「ほら。帰るよ」

私の低い声に弟は顔をあげ、いやいやをするように私の手を振り解《ほど》いた。

「じゃ、置いてくよ! 自分で帰ってきなよ」

突き放すように言うとようやくのろのろと立ち上がり、私の後をついてきた。

家に連れて帰ると、「あ、おかえりー。ごはんできてるよ」と、何事もなかったように煎餅《せんべい》を食べながら母が言った。

その夜、私はテレビでやっている動物の番組を見ていた。アフリカの奥地にいるという、青く綺麗な小鳥の特集だった。

親鳥は一生懸命、雛《ひな》にエサを届けている。雛に危険があれば、体を張って敵を追っ払う。私はその、動物の本能が可笑しかった。

この青い小鳥たちは、自分たちが血を繋《つな》いでいるなんて思ってもいないに違いない。なのに、がむしゃらにエサをとってくる姿が、笑えて仕方がなかった。

番組の最後、青い小鳥たちは育った巣を蹴《け》飛ばして飛び立ち、やがて森林の光景に溶けて見えなくなった。子供達に後ろ足で蹴り上げられた巣には何もいなくなり、木の枝でできたただのゴミになって、大木の陰にぶら下がっていた。

瑞希と話して以来、脳を騙す、というのが、私のする様々なオナニーたちのキーワードになっていた。カゾクヨナニーも、「脳を騙す」というのがポイントなのだ。事実はどうあれ、普通の家族に包まれて、子供が育つのに必要な愛情が与えられている、というふうに脳を騙すことができれば、実際の親の愛情は必要ない。食べ物はいくら脳を騙しても実際に栄養をとらなければ死んでしまうが、形のない愛情という精神の食事に関しては、脳さえ騙せば問題ない。

私はこの発見にわくわくしていた。

私は脳を騙すのがとても上手だった。

最近の私が気に入っているのは、自分の醜い部分を見せることだ。いいことをして褒められるより、ずっとカゾクヨナニーの効果が高いことがわかったのだ。

「ねえニナオ、私、今日、すごく悪いことしちゃった。学校で、理科の時間に、試験管にひびを入れちゃったの。でも、ばれないようにそのまま戻してきちゃった」

悪い子だね、とでもいうように、ニナオが私の耳をつついて叱《しか》る。私は目を閉じてその感触を浴びる。

「あとね、今日、千絵ちゃんにも悪いこと言っちゃった。千絵ちゃんのお気に入りのノート、子供っぽいねって笑っちゃったの。放課後までにごめんねって言おうと思ったのに、言いそびれちゃった」

ニナオは、私の様々な悪事を全身で受け止めていた。

「ニナオ、私のこと嫌いになった？」

そんなことあるわけないじゃないか、もちろん一番大好きだよ、というニナオの声が耳の中で響く。

懺悔《ざんげ》ほど効果的なカゾクヨナニーのエサはない。ニナオは私の全てを許し続ける。

正確に言えば、私の脳に「私は全てを許されている」という情報を送り続ける。普通の子供ならもう恥ずかしくて聞けないような台詞《せりふ》も、私とニナオの間には平気で存在する。

「どんなに悪い子でも私のことが好き？　ね、ニナオ、私が絶対に大事？」

ニナオは、もちろんだというように風で膨らんで私を包み込む。

圧倒的な安心感が下腹からこみ上げてくる。それらは全て、私はとても愛されていて、大きな暖かいものに包まれている、という情報として脳に伝達される。私の脳は愛に満たされる。

私は毎日、そうして脳を騙していた。きっと脳は、私をとても愛情深く育てられた子供だと思っているだろう。

与えられた分の愛情を享受《きょうじゅ》するしかない普通の子供より、私はずっと沢山の愛情を脳に与えることができる。皆もこうすればいいのに、と私は思っていた。それをしないで脳を飢えさせ、その飢えに振り回されている弟の、なんと馬鹿《ばか》なことだろう。

私はニナオに身体を摺《す》り寄せながら、熱心に自分の脳の中をしごいた。

「ニナオ、頭撫《な》でて。ね、いつもみたいに」

私は目を閉じたまま首を曲げて、ニナオにつむじを向けた。風でゆれるニナオが、私の頭のてっぺんに何度も何度も、やさしく触れた。その感触は、何か大きなものに頭を撫でられ愛を注がれている、という情報になって私の脳へゆっくりと伝達され、脳の回路の隅々まで染《し》み渡っていった。

ある土曜日、家に帰ると伯父の黒い車がとまっているのが見えた。

その巨大ゴキブリのような黒光りを見ただけでうんざりした私は、家の前を通り過ぎランドセルのまま近所を一周した。

少しうろうろしてから戻ったが伯父の車はなくなっていなかった。私は観念して、白いドアをあけて家の中に入った。

「おお、おかえり、恵奈ちゃん」

リビングから大きな足音をたてて伯父が姿を現した。私は頭を下げた。

「こんにちは、伯父さん」

「大きくなったなあ」

伯父はぎょろりとした目玉で私を眺めた。私は顔をしかめたまま俯《うつむ》いていた。すっぱい唾液《だえき》が口の中に染み出してきた。

「あははははは」

リビングから母の声が響いた。伯母と話しているのだろうと思った。母は伯父夫婦が来ると、いつもひときわ大きな声で笑うのだ。伯父が玄関先からリビングへ向かって呼びかけた。

「芳子さんも、恵奈ちゃんが可愛《かわい》くて仕方ないだろう。なあ?」

「あははは」

伯父の言葉をかき消すように、母の笑い声が被《かぶ》さってきた。空気を引《ひ》っ掻《か》くような笑い方だった。

ランドセルの持ち手をぎゅっと握り締めながらそろりそろりと玄関から廊下にあがり、なんとか自分の部屋へ行く隙《すき》を窺《うかが》っていると、運悪く、リビングのほうを向いていた伯父がいきなりこちらを向いた。

私は息を止めて、廊下で静止した。

しばらく私の顔を見つめていた伯父が口を開け、粘ついた液が糸を引くのが見えた。

「似ているな」

私はじっと耐えるように、伯父の口の中の白い唾液の筋をみていた。

「目が、芳子さんに似ている。鼻と口は洋一にそっくりだ。遺伝はすごいな。二人の血を受け継いでいるなあ、恵奈ちゃんは」

私は何も答えず、黙ったまま突っ立って伯父の視線を浴びていた。

「本当に似ている。二人の血が流れているんだな」

伯父の言葉はいつも呪《のろ》いのようだった。

「本当に、恵奈ちゃんは一番、在原《ありはら》家の顔をしているなあ。この耳の形とおでこの狭さが、じいさんそっくりだ。恵奈ちゃんは他に嫁にやるのは惜しい、婿《むこ》養子をとってもらって、いつか在原家の血を繋いだ子を産んでもらわないと。なっ？」

「あはは、まだ気が早いですよ」

リビングから出てきた母が言った。

「いやいや、こんなに在原家の顔をした子はいないからな。女は血を繋いでいかないとな」

伯父のねばついた手が私に近づいてくる。

私は黒い皮と、それを押し上げている青黒い血管を見つめた。この中を流れている赤い水が、伯父を狂人にしているのだと思った。

「あらー、恵奈ちゃん、大きくなったわねー」

甲高い声がしたかと思うと、次の瞬間柔らかいものに包まれて、私は何が起きたかわからず混乱した。頭の上から伯母の声がして、やっと、今自分が抱きしめられているのだと気がついた。

「女の子はやっぱりいいわー、可愛いわねー」

私は顔をしかめて身をよじらせた。

身体にまとわりつく、ぶよぶよした生温い肉が不気味だった。私は必死に湧《わ》き出てきたすっぱい唾液を飲み込もうとした。それが気管に入り、私は肉の中で咳《せ》き込んだ。

「あらあら、ごめんねえ。苦しかった？」

やっと伯母は手を離して私の顔をのぞきこんだ。私は吐き気に口を押さえながら、誰かに抱きしめられるということはこんなに薄気味悪いことなのだな、と思っていた。

「私、手を洗ってきます」

私は小さく呟《つぶや》いた。

「そうそう、ご飯の時間だからな。今日は在原家、伝統の味を堪能《たんのう》しないとな」

私は伯父の狂った言葉を聞きながら洗面所へ行き、急いで手を洗った。

指先のささくれから、小さな血の粒が見えた。私はぞっとしてそれを洗い流した。流しても流しても、それは皮膚の奥から湧き出てくるのだった。

翌週、学校帰りに通学路を二人で歩きながら、私は不意に瑞希に尋ねた。

「ねえ、瑞希も『血』って大事だと思う？」

ジュースを飲んで寄り道をした日から、瑞希とはいろんな話をするようになっていた。千絵ちゃんや他の友達なら引いてしまうようなことも、瑞希は真面目《まじめ》に聞いてくれた。一人で頭の中で発酵させてきた自分だけの考えも、口に出すと一気に真実になっていくようで心地よかった。

私の問いかけに瑞希は不思議そうに答えた。

「え？　そりゃそうだよ。ないと死んじゃうよ」

そうではなく、伯父の言う「血」、切れない糸のように繋がっていくその血というものについて聞きたかったのだが、うまくそれを説明することができなかった。

「どうかしたの？」

「ううん……別に」

私はそう呟くのが精一杯だった。そんな私の様子を見て、瑞希が思いついたように私の顔を覗《のぞ》き込んできた。

「ね、また寄り道しようよ。あたしの家に寄っていかない？　今日はお稽古事もないし」

私は、足を止めて瑞希の顔を見た。いつもならすぐ断っているところだ。家に一度帰ることをせずに寄り道するのはあまり気が進まなかった。叱られてしまうからではない。逆だからだ。なかなか帰ってこない私にせいせいした母が、そのことに味をしめてごはんを作ったり私の世話をしたりすることをサボりはじめたらどうしようと思ったのだ。

帰るのが遅ければ遅いほど母は自由で嬉《うれ》しいに決まっている。だからこそ私は、いつもきちんと帰って母にあまり自由の味を覚えさせないようにしなければ、いつか母は私達を放置することを覚えるだろうと感じていた。

けれど今日は、どうしてもすぐに家に帰る気になれなかった。

「行く」

少し考えた後大きく頷《うなず》いた私に、瑞希は嬉しそうに微笑んだ。

「一時間くらいしかいられないけどいい？」

「それだけ？　まあいいや、それなら早く行こ」

私は手招く瑞希と一緒に、いつもの道の反対方向に曲がり、坂道をあがりはじめた。

あまり馴染《なじ》みのない三丁目の住宅街をしばらく進み、私は瑞希の家にたどりついた。自分の家より一回り以上大きな一戸建てに、思わずお金持ちだねえと素直に言いそうになって、あわてて言葉を飲み込んだ。

瑞希が自宅の門をあけようとしたとき、横から若い女性の声が響いた。

「瑞希ちゃん、おかえりなさい」

水の感触のような声がひやりと耳たぶに触れて思わずそちらを見ると、セーラー服の女子学生が隣の家の門をあけながら微笑んでいた。

瑞希は嬉しそうに、女子学生に頭を下げた。

「渚《なぎさ》さんも、おかえりなさい。今日は早いんですね」

「試験期間なの。お友達?」

セーラー服の女子学生は、こちらを見て微笑んだ。

どこか見覚えがあるような気がして、はっと思い立った。彼女は、四年生のころポシェットを拾ってくれた女子学生とそっくりだった。

「テストかあ、やだな。高校は大変ですね」

瑞希の言葉に渚さんは笑った。

「もう、今日で終わったところなのよ。よかったら、家に寄っていく? もらいもののアップルパイがあるの。お父さんもお母さんも、甘いものが苦手だから困ってるのよ」

「わあ、食べたいです。恵奈、どうする?」

私はわけもわからず、とにかく必死に何度も頷いた。

渚さんは白い腕で門をあけ、「それじゃあ、どうぞ」と言った。

細すぎるその腕は、風になびく蜘蛛《くも》の糸のように、青い門に絡《から》まった。私と瑞希は吸い寄せられるように、そちらへ向かって歩き始めた。


どこの家でも、入った瞬間に家の匂いがするものだ。千絵ちゃんの家には千絵ちゃんの家の匂いがするし、他の友達の家もそうだ。目をつぶっても誰の家に入ったかすぐわかる。

けれど渚さんの家は何の匂いもしなかった。それが不思議で、私は大きく鼻で深呼吸した。しかし玄関にある緑の匂いが少しするだけで、家の匂いは少しも嗅《か》ぎ取れないのだった。

「どうぞ」

私たちは二階にあがり、渚さんの部屋に入った。

そこは白い壁とカーペットの殺風景な部屋だった。

「真っ白ですね」

思わず言うと、「好きな色なの」といって渚さんが微笑んだ。

「すぐにパイをもってくるわね」

「あの、私、一時間くらいで帰らないといけないんです」

「そうなの？　じゃあ、急がないとね。ちょっと待っていてね」

渚さんは階段を下りていった。

「綺麗《きれい》な人でしょ。隣の家のお姉さんなんだけれど、あたしにもすごく優しいの。勉強教えてくれたりもするんだ。すっごく頭がいい高校にいってて、勉強教えるのもすごく上手なの」

「へえ、そうなんだ……うん、本当に綺麗な人だね」

本当は、人の肌ではないような青白い表面だとか、細すぎる手足がなんだか怖いような気がしていたが、私は瑞希に相槌《あいづち》を打って頷いた。

「おまたせ」

紅茶とパイを持った渚さんが部屋のドアをあけた。

「渚さん、アリスは？」

瑞希の突然の質問に、私は瞬《まばた》きをしてそちらを見た。

「アリスならここよ」

渚さんは棚の上から、銀色の蓋《ふた》をした瓶をとり、小さなテーブルの上に置いた。

「アリス……？」

私は瓶の中をのぞきこんだ。15センチくらいの高さの、蜂蜜《はちみつ》が入っていそうな太くて丸いガラス瓶だった。中には粉雪のような白い砂が敷き詰められていて、その上を一匹の蟻《あり》が歩いていた。

「これがアリス？」

「そうよ。蟻のアリス。可愛いでしょう？」

一匹だけ閉じ込められた蟻は、せわしなく白い砂の上を動き回っている。

「アリスは渚さんが子供のころから飼ってるのよ」

瑞希が自慢げに言った。

「アリスは12歳なの」

「12!?」

それでは私より年上ということになる。私はびっくりして、思わず鼻がぶつかりそうなほど瓶に顔を寄せた。

「蟻ってそんなに長生きなんですか？」

「そうでもないわ。一つの命はだいたい一、二ヶ月から、長くて八ヶ月くらい。命が終わったら、次のと取り替えるの」

「取り替える……？」

思わず顔をあげた私を、渚さんのうっすらと青味がかった顔が見下ろした。綺麗な楕円形《だえんけい》をしたその顔は、青白い月のようだった。

「そうよ。新しいアリスと取り替えるの。だから、アリスは永遠の命を持っているのよ」

わかったようなわからないような、とにかくとても奇妙だということだけは感じて、私は改めて瓶の中のアリスを見つめた。

「アリスの命は、あたしたちが生まれる前からずっと繋がっているんだって。すごいでしょ？」

瑞希は嬉しそうに言い、渚さんの持ってきてくれた紅茶を一口飲んだ。アリスは私たちの会話が聞こえているのか、いないのか、ガラスを黒糸のような細い腕で何度も引っかいた。アリスは本当に不思議の国に連れてこられでもしたかのように、どこかへ帰ろうとしているようだった。

私は小走りに家へと向かっていた。額に浮き出た汗をぬぐい、肩からずり落ちたランドセルを背負いなおす。ついつい、渚さんの家で長居してしまったのだった。

ドアをあけると、部屋は明るくて、テレビの音と母の笑い声がした。

「ただいま」

リビングに顔をだすと、煎餅を食べていた母がこちらを向いた。

「あー、帰ってきちゃった」

母は億劫《おっくう》そうに、煎餅の屑《くず》を払った。

「啓太も学校の友達と、班の出し物の練習があって遅いっていうからさあ。久しぶりに一人でのんびりしてたのになあ」

「……ちょっと遠回りして帰ってきただけ」

私は早口で言うと、ランドセルを持って部屋にあがった。

ニナオに包まれてじっとしていると、下からご飯を作る音がし始めた。母が大人しく「産んだ任務」を果たし始めたことに、私はほっとした。

電気をつけて、ランドセルの中の宿題のプリントを取り出した。

瞼《まぶた》の中にアリスの姿が浮かんだ。

白い世界を動き回るアリスの細い手足を思うと、シャープペンシルの先からアリスの欠片《かけら》がどんどん零《こぼ》れ落ちているような気がして、私は思わず手を止めた。

蛍光灯に照らされた真っ白なプリントの上には、黒い数字や線が並んでいた。今まで渚さんが「取り替えて」きた何百匹ものアリスの手足が、埋葬もされずに散らばっているように見えた。

その夜、家族でご飯を食べているとき、テレビではドラマが流れていた。それはホームドラマで、母親が子供の病気のために奔走するというものだった。

そういうストーリー展開になった瞬間、弟は目を伏せてテレビを見ていない振りをした。珍しく家で食事をしていた父は、黙ってチャンネルを変えた。

チャンネルを変えた先では、水着姿のタレントが胸を揺らしながらビーチバレーをしていた。普通はこちらのほうがチャンネルを変えなくてはいけないような内容なのかもしれないが、ばかばかしい笑い声と胸の谷間のアップに、ほっとしたような空気が食卓を流れた。

母は、まったく気付かないかのようにテレビを見て大声で笑いながらしらすの混ざった大根おろしを食べていた。母の箸《はし》から、透明の汁がテーブルに何滴も垂れた。

父は苛立った様子で、「おい、もっとおかずはないのか」と言った。母は、「うん、作ればあるよ」と言って立ち上がった。

母が冷蔵庫に行き、テーブルはしんとした。

私は誰にも見えないように、「ばーか」と口だけをうごかして呟《つぶや》き、納豆を口に運んだ。

粘ついた豆が口の中で糸をひく。父も弟も、そして結局は産んだ任務を放り出せない母も、ゴキブリホイホイにでもかかったように粘ついた糸から逃れられないように見えた。

私はそんな三人を見つめながら豆を飲み込み、「ごちそうさま」と立ち上がった。

「もういいのか」

戸惑った様子で聞く父に「ん」とだけ返事をして、私は二階にあがった。私はすぐに自分の部屋のドアを開けて中に入り、電気もつけないまままっすぐ外の光で淡く光るニナオに近づいて、顔をうずめた。

「ニナオ、ただいま。はじめるよ」

私は顔を埋めたまま呟いた。

暗がりの中で、ニナオと繋いでいる指先が、外の街灯に照らされて白く光っていた。その手は、光に満ちたドアを開くのにふさわしく思えた。

私はつるりとしたニナオをさらに強く握り締めた。微《かす》かに街灯に反射している夜の波のようなニナオが、私の光る手を包んだ。

「ねえ、この算数の宿題のプリント、渚さんに教わらない？」

瑞希が昼休みに笑顔でしてきた提案に、私は思わず息を止めた。

「先生が、二枚目はちょっと難しいかもって言ってたでしょ。渚さんなら上手に教えてくれるよ」

「……どうしようかなあ」

私は曖昧《あいまい》に返事をしながら、俯いて教室の床を見回した。

「瑞希なら、塾に行ってるからすぐ解けちゃうんじゃない？」

「そうだけど、渚さんは応用問題も作ってくれるし、すごくわかりやすいんだよ」

「うん……」

私は力なく返事をした。私はなんだか、渚さんとアリスが怖かった。永遠の命を持ったアリスと、それを支配している渚さん。命を支配している渚さんが、私には死神のように思えた。

結局ずるずると瑞希につれて行かれ、私は渚さんの家でプリントの問題を解いていた。

セーラー服のまま私達に算数を教えてくれる渚さんは、この前よりもずいぶん人間っぽく見えた。そのせいか私は前に会ったときから聞きたかったことを、おそるおそる口にした。

「あの……あの、去年、公園で落し物を拾ったこと、ありませんか？」

「え？」

渚さんの黒く濡れた瞳がこちらを見て、私は慌てて続けた。

「あの、私、前に公園で本を読んでいて。落としたポシェットを拾ってもらったことがあったんです。渚さんとそっくりで……」

シャープペンシルのおしりを顎《あご》にあててしばらく考えていた渚さんは、「ああ、ピンクのポシェット！　覚えてるわ」と言った。

「やっぱり！　あの、あのときはありがとうございました」

「どこかで会ってたの？」

話が読めない様子の瑞希に、「ほら、ここに来る途中の、黄色いブランコの公園。四年生のとき、あそこで会ってたの。似てるなあって、思ってたんだ」と説明した。

「よく覚えていてくれたわね。あのとき、ベンチで前のめりになってすごく熱心に本を読んでいて……そう、あれは恵奈ちゃんだったのね」

微笑む渚さんに、私はやっと安心して頷いた。

あのときの綺麗なお姉さんだったのだと思うと、私はさっきまで渚さんを少し怖いと思っていたのがばからしくなった。

私はすっかり安心して、「渚さん、ここはどうやるんですか？」と、身を乗り出して問いかけた。顔を近づけると、渚さんからは花と石鹼《せっけん》が混じったようないい香りがした。

少し疲れたのか机を離れて渚さんの出してくれたクッキーをかじっていた瑞希が口を開いた。

「渚さん、恵奈ってすごく変わってるのよ。でも自分の考えがしっかりあるの。早く大人になって恋をして、結婚がしたいんだって」

「瑞希！」

私は慌てて瑞希を制した。

「そうなの。素敵ね」

私は渚さんの顔を見つめた。子供の私たちとは違う、大人の顔つきだ。身体も、すっかり大人の形に完成されている。

私は、渚さんが自分が進みたい道のずっと先に立っている気がして、つい尋ねた。

「渚さん、渚さんはどんな家族をつくるんですか？」

「え？」

「だって、渚さんは私よりずっと大人でしょ。育った家より、『本当の家』に近いじゃないですか」

「うわあ、私も知りたい」

瑞希も身を乗り出した。

渚さんは薄く笑った。

「一人よ」

「え？」

私はきょとんとして聞き返した。

「私はずっと一人って、決めているの」

渚さんはきっぱりと言い、またプリントに視線を落とした。

私は面食らっていた。一人の家、という発想が私にはなかったのだ。私は思わず、渚さんの彫刻のように綺麗に顎の骨の形が浮かび上がった横顔を見つめた。

それに気付いたのか、こちらを見た渚さんが可笑《おか》しそうに言った。

「そんなにめずらしいことではないわよ。アリスも一人じゃない。ねえ？」

渚さんが声をかけたが、もちろんアリスに通じるはずもなく、アリスは白銀の世界をひたすら歩いていた。

真っ白な砂の上には小さな正方形をした、砂と同じ白色のスポンジが転がっているだけで、他にはアリスしかいない。ふと気になって、私は渚さんに尋ねた。

「アリスは何を食べて暮らしているんですか？」

「あら、アリスは、自分が生きている地面を食べているのよ」

「えっ!?」

驚いた声をあげると、瑞希が可笑しそうに笑った。

「気付かない、恵奈？　それ、お砂糖よ」

言われて視線をやると、たしかにアリスの歩いている白い雪のような砂は、砂糖のようだった。

「だから、アリスに餌《えさ》はいらないのよ。お水は必要だから濡れたスポンジも入れているけれど。食べるのは地面よ」

渚さんの言葉に、アリスはこの白い世界を食べながら生きてるんだ、と思った。アリスはその甘い世界を触角でかぎまわり、手足をばたつかせていた。アリスは不意に俯いて、白い世界に顔をうずめた。その小さな口で、自分の住む白い大地を吸いこんでいるのかもしれなかった。

ある朝、私は学校へ行く途中に、千絵ちゃんの後ろ姿をみつけた。いつもプラスチックの花のついたゴムで髪をしばっているので、すぐにわかる。

「おはよー、千絵ちゃん」

「あ、おはよう！」

千絵ちゃんは垂れ目の目尻《めじり》を下げて微笑んだ。千絵ちゃんが持っているピンクのキルティングの手提げに、見慣れないマスコットがぶら下がっているのを見つけて、私は何気なく指差した。

「可愛いね、そのマスコット」

それは白いウサギのマスコットだった。千絵ちゃんは嬉しそうに手提げを持ち上げた。

「そう？　うれしい！　あのね、これ、おばあちゃんに作ってもらったの。おばあちゃん、隣町に住んでるんだ。遊びにいくと、すごくご馳走《ちそう》つくってくれるの」

「へーえ」

「ねえねえ、恵奈ちゃんのおばあちゃんは？　どこに住んでるの？」

「ええと……」

私は口ごもった。

「あのね、両方とも死んじゃったの」

「あ……、そうなんだ、ごめんね」

すまなそうに千絵ちゃんが言った。嘘《うそ》をついているせいか口のなかにじゃりっと砂のような感触がして、唾《つば》を飲み込んだ。

「急がないと、遅刻だね」

早口で言うと、私は足を速めた。予鈴の音が遠くから聞こえていた。

急いで駆け込んだ教室で朝のホームルームの先生のお話を聞きながら、私は窓の外を見つめていた。

千絵ちゃんに嘘をついてしまった。けれどほとんど祖母との思い出がないのだから、話しようもなかった。

父方の祖母が私が小さいころに亡《な》くなっているのは本当だったが、母方の祖母は生きている。だが、会った記憶は一回しかなかった。

私は一度だけ車で会いに行ったことのある、「おばあちゃん」のことを思い出していた。

まだ小学校の低学年だったころだ。祖母の家には全員で行く予定だったが、母がギリギリになって、「頭がいたい、風邪をひいた」と言い出し、父と私と弟だけが行くことになった。

　小さい頃だったので、場所も正確には覚えていない。車で何時間も走り、山に囲まれた小さな町の細い路地を車を擦《こす》らないようにそろそろと進んだことは覚えている。祖母の家は、その路地の一番奥にある、細長い形をした家だった。

　祖母は色が白く皺《しわ》だらけで、丸められた紙のようだった。

　祖母は私にも父にもそっけなく、弟のことだけは妙にかわいがり、「ほら、食べな」とミカンを渡したりしていた。

　こたつに四人で座って少しだけお茶を飲んだ。

「それにしても、芳子にもう二人も子供がいるなんてね」

　祖母の顔がますますぐしゃりと縮まって、強く握り締められたようになった。

「あんな出来損ないがね。しかも器量もよくなくて、性格も陰気でねえ。よく結婚なんかできたね。あんたも大変でしょう」

　父は少し慌《あわ》てたように顔を伏せ、「いえ」とだけ低い声で答えた。

「あんなに笑わない子はいなかったよ。他の子はみんなよく笑う明るい子だったのに、芳子だけはねえ」

弟は驚いたように祖母を見たが、私はちっとも驚かなかった。母のあの耳障《みみざわ》りな笑い声は、子供のころ出しそびれた悲鳴が腐ったものであることを、私はなぜか知っていた。

祖母の家を出て、また父の車で家へと向かった。弟も私も、ミカンを一個ずつ手に持っていた。

母がいないだけでなんだか私たちは家族みたいだった。

気持ち悪い、と私は思った。早くただのルームメイトになれるあの空間に戻りたい。私はミカンをそのまま車のごみ箱に捨てた。弟は緑がかった不味《まず》そうなミカンのでこぼこした表面を、いつまでも小さな親指で撫で続けていた。

夏休みになる少し前の月曜日、クラスは朝からざわついていた。今日は性教育の授業がある日だったのだ。お昼を食べてから、私たちは視聴覚室に集められた。保健の先生からひととおりの説明があったあと、ビデオを見させられた。

私はあまり興味がなくて、前のときは友達と話してばかりいた。しかし、今回は保健の先生が説明の最後に、「いいですか、真面目に！　少しでも騒いだら追い出しますよ！」と怖い顔をしたので、皆、顔を見合わせて静かにビデオを見始めた。

ビデオは、主人公のお母さんが妊娠するところから始まっていた。大切そうにお腹《なか》を撫でる母親の姿を見て、私は吹き出しそうだった。

そこから主人公が初潮を迎えるシーンになり、主人公の女の子がお母さんの大きいお腹を撫でながら、

「私の身体《からだ》も赤ちゃんを育てる準備をしてるのね」

と言った。棒読みの演技に忍び笑いが広がったが、私は呼吸を止めて映像を見つめていた。冷房が効いた視聴覚室なのに、やけに首筋が熱かった。

「そうよ、大人の身体になるって、とっても素敵なことなのよ」

「うん！　ママ、頑張って、元気な赤ちゃんを産んでね！」

女の子は大げさな身振りで言うと、もう一度母親の下腹を撫でてみせた。下手な芝居にこらえきれず後ろの方にいた女子が声を出して笑ってしまい、「こら！」と保健の先生の厳しい声が飛んだ。

前の方にいた千絵ちゃんが、少し笑って目配せをしてきた。私だけが、耳の中も頭の中も、上履きのなかの冷たい爪先《つまさき》まで、壊れたテレビのように雑音だらけになって、ぼんやりと座っていた。

私はそのとき唐突に、自分も「ドア」になるのだと思いついたのだった。

間抜けなことに、自分もドアになるということに関しては、まったく考えが及ばなかったのだ。知識としてはあったのに、わが身とは遠いことのように感じてしまっていた。

自分のドアから出てきた子供を、自分はどう扱うのだろうか。想像しようとしたが、頭の中が真っ白な画用紙になったみたいに何の映像も思い浮かべることができなかった。

うまく呼吸ができないまま、私はハンカチで口を押さえた。息を止めていないと叫びだしてしまいそうだった。

力が抜けた膝《ひざ》の手前には、私の筋張った太腿《ふともも》があった。その奥にある肉のドアの存在を思うと、水色のチェックのスカートが眩暈《めまい》でぼやけた。

帰り道、まだ膝から力が抜けたままの私は、瑞希と千絵ちゃんと三人で通学路を歩いていた。

「今日のビデオ、つまんなかったね」

「そんなこと知ってるよってことばっかりだったよねえ」

二人のそんな会話を聞きながら、私は白いスニーカーの爪先ばかりを見ていた。

瑞希は黒い手提げを開き、女子にだけ配られたピンクの箱を見た。

「でもこれは便利かな、使えるものだから」

「瑞希ちゃん、もう始まってるの？」

「うん」

瑞希は、「でもこの本はいらないけど」と桃色の冊子を見て笑った。

「私、こっちの道行く」

耐えられなくなって、私は家と反対側の道を指差した。

千絵ちゃんが不思議そうな顔をした。

「どうしたの、恵奈ちゃん。そっち、駅だよ」

「駅前のスーパーで買い物を頼まれてたの。忘れてた。だから行ってくる、ごめんね」

瑞希が大きな目をますます見開いてこちらを見た。

「じゃあ、あたしもついていくよ」

嘘を見抜かれているような気がして「一人でいいよ」と小さな声で言ったが、瑞希は引かなかった。

「あたしもスーパー行きたいし」

「あの、ごめん、私は寄り道すると怒られちゃうから」

千絵ちゃんが申し訳なさそうに言った。

「うん、いいよいいよ。瑞希もいいよ」

「あたしは一緒にいく。じゃあね、千絵ちゃん」

「うん、ばいばーい」

手を振る千絵ちゃんに見送られ、私は俯いたまま歩き出した。

「本当に、一人でいいのに」

「だって恵奈、嘘つくんだもん。本当は用事なんてないんでしょ」

嘘だとわかったならなおさら一人にしてくれればいいのに、と思いながら渋々頷いた。

「性教育のビデオ、嫌だったの？　男子が騒いでたから？」

「え？　ううん、そうじゃないよ。でもなんか、気持ちわるかった」

「なにが？」

「なんか……全部」

私は自分の手提げから、少し潰《つぶ》れたピンクの箱を取り出して、そばにあったコンビニのごみ箱にねじこんだ。ごみが溢《あふ》れそうになっている中にぎゅうぎゅうと押し込むと、箱が開いて冊子とナプキンの試供品が飛び出した。

「もったいないなあ」

「だって、私、初潮まだだもん。こんなものいらない」

「だったらなおさら、家にナプキンないと困るじゃん」

「いいの。ずっと来なくていい」

私はごみ箱からこぼれ落ちたナプキンを拾い上げると、袋からひとつ取り出した。初めて見る生理用品は、四角く潰れた繭《まゆ》みたいだった。

「ちょっと、こんなところでそんなもの持ってたら、男子に見られるよ」

慌てて言う瑞希を無視して、私はそれを思い切り引きちぎった。ただの綿になったそれを見ても、気持ちの悪さはぬぐえなかった。

すぐに帰る気がしなくて、私は駅前をぐるりと一周した。瑞希は特に声をかけるでもなく、ただ、隣について歩いてきた。

スーパーのそばにある自動販売機の前で突然、瑞希が立ち止まった。

「ね、これ、買ってみようか」

瑞希が指差したのは、ビールの銀色の缶だった。

「叱《しか》られるよ」

「ばれないよ。今、道に誰もいないし」

瑞希は手提げから財布を取り出しお金を入れると、躊躇《ちゅうちょ》せずにボタンを押した。

そのとき、向こうの角をスーパーの袋を提げたおばさんが曲がってくるのが見えて、

「瑞希、人が来た！」と慌てて言った。

瑞希は素早く販売機から銀色の缶を取り出し、手提げに入れると、「こっち、こっち」とおばさんが来るのとは反対側の路地へと入った。

「瑞希、前にも買ったことあるの？」

手馴れた様子に思わず聞くと、「まさか。あたし、お酒飲む大人って嫌いだもん」と平然と答えた。

それなら何で買ったのだろうと思いながらあとをついていくと、「ね、あそこで飲んでみよ」と、瑞希が児童公園を指差した。

そこは狭くて遊具が少ないため、子供に人気のない公園だった。そのせいで、今日もそこには誰もいなかった。

私たちは、ペンキのはげかけた滑り台の上にのぼり、冷たい銀色の缶をあけた。

先に口をつけた瑞希が、顔をしかめた。

「まずい」

渡された缶から恐る恐る泡を流し込んだ私も、その苦さに咳《せ》き込んだ。

「大人って、何でこんなの飲むのかな」

「知らない」

瑞希は口を拭《ぬぐ》いながら、肩をすくめた。

私たちは滑り台の上から砂場に滑り降りると、しゃがんで向き合って砂の中にビールを流した。

「早く大人になりたいなあ」

ぽつりと瑞希が言った。

「恵奈はいいな。ちゃんと目標があって」

何か声をかけようとしたがうまい言葉が見つからず、私は俯いてビールを砂場に流し続けた。そこには苦い匂《にお》いのする穴があいた。その濡《ぬ》れた穴を見ていて、ふと、自分にも穴が開いていてそこから寄生虫が食い破って出てくるのだ、という思いがよぎった。私はぞっとして靴の先でその穴を埋めた。

家に帰り、私は風のない暗い部屋でじっと垂れ下がっているニナオへ近寄った。空中に墨汁を流したような淡い闇《やみ》の中で、ニナオに包《くる》まった。

「……ニナオ。はじめるよ」

私は小さく呟いた。今日はそんな気にはなれないと思っていたが、ニナオにふれた瞬間、「家族欲」がこみ上げてきたのだ。

私は、カゾクヨナニーに懺悔《ざんげ》よりも効果的なエサがあることを知った。それは絶望だった。

心臓の中の絶望感をお供え物のように差し出しながら、そっとニナオに寄りかかった。

「ニナオ……今日はね、少しだけ、気持ちが沈むことがあったんだ」

全部お見通しなんでしょう？　と、心の中で囁《ささや》きながらニナオを見上げる。ニナオは、僕は全部知っているよ、とでも言うように私を抱きしめた。

嚙《か》み締めた奥歯から力が抜けていく。ニナオは絶望ごと私を包み込み、背中をさすり続ける。暗闇からゆっくりと引っ張り上げられていく感触は、今までにない最高の絶頂といっていい快楽だった。

大丈夫だよ、とニナオは囁く。ニナオからは私の穴を埋めるための言葉が次々と降ってきて、それはジグソーパズルのピースのように、ぴったりとはまって私の中の暗闇を満たしていく。

私はニナオの感触で満たされていく甘美な快楽に目を閉じながら、この圧倒的な快感のために今日の憂鬱《ゆううつ》があったような気すらしていた。今までにないくらいカゾクヨナニーに没頭した私は、際限なくニナオにしがみついていた。

そういえば、今日のビデオでは様々なオナニーたちについては一言も触れていなかった。本当のことは学校のビデオなんかでは流れないんだ。そう思うと私はだいぶ立ち直り、少し微笑《ほほえ》もうとして、もうすっかり自分の顔の筋肉が緩んでいることに気がついた。

「ニナオ。私ね、今日はたくさん慰めてほしいの。歌ってくれる？」

ニナオは風に乗せて私にしか聞こえない歌声を奏《かな》で始め、私もそれに合わせて歌った。

出鱈目《でたらめ》に調子の外れた歌を歌うと、ニナオが笑うように私の息で震えた。

大きくて温かい存在に包まれ、一緒に歌い、寄り添い、愛し愛されている。それらの情報がゆらゆらと脳に流れ込んでいく。

脳に伝達されていく情報の中をゆったりと漂いながら、私は思った。そうだ、私は「工夫」をするんだ。どんなときでも方法を探して全《すべ》てをきちんと解決し、処理してきた。

もし自分のお腹の中に寄生虫ができても、そのときだって工夫をすればいい。そう思うと私はほっとして、声を大きくしてニナオと一緒に歌った。

私から流れ出す二酸化炭素を吸い込みながら、ニナオは静かに振動を続けていた。歌い疲れた私は、私の呼吸と体温で生きているような温《ぬく》もりを宿したニナオに寄りかかった。汗ばんだ髪が顔に貼《は》りつき、私はテレビの二時間ドラマで見た、池にあがった水死体のようだった。

闇の中、藍色《あいいろ》の波になって揺れるニナオの内側をゆっくりと漂いながら、私は口に入ったニナオの端に抵抗せず、乳を吸う子供のように、自分の唾液《だえき》をニナオから吸い戻しながら、静かに目を閉じた。

3

中学に上がったころには、淡い水色の家はうっすらと灰色がかり、濁った水槽のようになっていた。

私たちはその視界の悪い水の中で、淡々と金魚としての日々を送っていた。一緒に食事をとることもほとんどなくなり、ただ家の中にある餌を食べ、好きな時間に眠り、まれに家の中ですれ違うだけの存在になっていた。

時間がばらばらでもいいように、おかずはいつも煮込み料理だった。家に帰るころにはいつもコンロの上に大きな鍋《なべ》が準備されており、中にはシチューや煮た大根、芋など、日替わりでいろんなものが放り込まれていた。それぞれが自分で温めなおしてそれを食べるのだった。

父は平日の半分はどこかで泊まってくるようになっていた。私も弟も、こうしてだんだんと家の外に居場所を見つけはじめるのだろう。母は相変わらず家の一番奥まった場所で、黙々と家事をこなしていた。

二年生になってしばらくしたある日帰ると、母はもう食事を済ませたようで、リビングのソファで眠っていた。私は温めなおした肉じゃがと冷蔵庫の中にあった冷たいひじきを並べ、ダイニングのテーブルで食べた。

こんな状態になっても家事はきちんとやる母が不思議だった。母が「何で、産んだからって学費を出さなくちゃならないの」といつか言い出すのではないかと私はひやひやしていたが、どうやらその心配はなさそうだった。

母は少し疲れて年老いて見えた。散り終えて道路に貼り付いた、ひからびた桜の花びらのような肌だった。触れたら千切れてしまいそうなその薄い皮膚に、私は視線ですらほとんど触れないまま生活していた。

お盆を持った私は、階段をあがって一番手前にある、弟の部屋のドアをノックした。中学にあがってからはあまり会話をすることはなかった。学校が始まる時間は一緒のはずなのに、朝に顔を見かけることもない。弟が意図的に避けているのかもしれなかった。弟は夜遅くまで帰ってこないこともあったが、母はたいして気にしていない様子だった。

部屋からは大音量の音楽が聞こえていた。

「入るよ！」

声をかけて、私は弟の部屋のドアを開けた。

弟はベッドの隅に腰掛け、何をするでもなく、じっと俯いていた。

今日、弟は学校でヒステリーのようなものを起こして暴れたため、母が先生に呼ばれたのだった。母は弟と一緒に悪戯《いたずら》をしたような顔で「すいません」と謝るだけだったただろうな、と話を断片的に聞いただけの私は心の中で思った。

予想通り、家に帰ってきた母は「怒られた、怒られた」と言いながらハンバーグを作っていた。母は何かあると、私たちのためではなく自分のために、コーン入りのハンバーグを作るのだった。

私は蹲《うずくま》っている弟に近づき、いかにも気を引きたいようなその様子にうんざりしながら、珍しく煮込み料理ではない焼きたてのハンバーグを弟の勉強机の上に置いた。

「ほら、お腹へったでしょ」

「……」

弟は黙りこくっていた。

世話のやけるルームメイトだと思いながら、私は弟の部屋を出た。弟はいかにも家庭に何か問題がある子供っぽく振舞っていた。まるで実験台にされているマウスみたいに、こういう環境だとこうなる、という大人の予想そのままになってみせているのだった。

呑気《のんき》だなあと、私は弟の部屋から再び聞こえ始めた大音量の音楽を聴きながら思った。手当たり次第に掘っていれば、いつかドラマで見るような家族愛の水脈が見つかってこの家に溢れ出すと、未《いま》だに信じ込んでいるみたいだった。

ドアの向こうから、壁を殴る音が聞こえ始めた。よくやるもんだと思いながら、私は弟の部屋に背を向けた。

ど、ど、と廊下に響く奇妙に規則的な音は、いつか理科のビデオで聞いた脈を血が流れる音にどこか似て聞こえた。弟の部屋から漏れるその脈拍音は、いつまでも廊下を震わせていた。

中学校は、未熟な発情と恋の噂《うわさ》や冷やかし、そんなものでいつもざわめいていた。目立つタイプの子たちの恋愛ゴシップはあっというまに学年中に広まったし、地味な男子女子の失恋や見え見えの片思いなども、笑い話を交えた噂の対象になった。それぞれがそれぞれなりに、不慣れな発情をもてあましていた。

私は、小学校のころのものよりかは少し大人びたものに買い換えた、小さな白いパスケースを見つめた。

そこには六枚の写真が入っていた。全部半径1メートル以内に入ると動悸《どうき》が起こる男の子だ。

誰にでも胸が高鳴ってしまう症状は、中学校に入って悪化していた。もういい加減に特定の一人と「本当の恋」がはじまっても良いころなのに、壊れた金属探知機のように私の心臓は反応し続けているのだった。

「恵奈、何見てるの？」

廊下から瑞希が声をかけてきた。瑞希とは中学校に入り二年生でもクラスが分かれてしまったが、今でも仲が良く、一緒に帰ったり週末に買い物に出掛けたりしていた。

小学校の頃いつも切りたいと言っていた髪の毛は、中学に入ると同時に瑞希の望みどおり短くなった。繊細な耳の形と細い首が露《あらわ》になって、逆に女らしさが増したようにも見えた。

「うーん、まだ定まらないなあと思って」

「またパスケースかあ。恵奈、前より写真が増えてない？」

「そうなの。最近、山内くんにも胸がどきどきするようになっちゃった」

クラスの友達には呆《あき》れられてしまうようなことも、瑞希には話せた。瑞希は私の気の多さを馬鹿《ばか》にするでもなく、真剣に聞いてくれた。

自分の発情の未熟さにうんざりしていた私は、溜息《ためいき》をついて俯き、苦笑いしながら前髪を引っ張った。

「あーあ。私、どこか変なのかな」

「そんなことないって。あたしの友達にも、気が多くてフラフラしてる子はいっぱいいるよ。そういう時期なんじゃない？　異性全部を意識しちゃうっていうかさ。ま、あたしたち、思春期だから」

冗談めかして言い、瑞希は私の肩を叩《たた》いた。

すらりと背が伸びた華奢《きゃしゃ》な瑞希に比べると私の腕は太く、その分、胸と尻も瑞希より少し重かった。

「思春期なんて、早く終わんないかな」

身体が女の形に膨らんでも、中身が未成熟では仕方ない。私はずっと実験しているのに思った成果が得られない科学者みたいな気持ちだった。私は、恋愛というものがいつ起こるか、どれだけ自分の身体が膨らめばいいのか、自分で人体実験をしているような気持ちで、すぐに痛む自分の心臓を観察していた。

「あ、ねえ、土曜日渚さんのところに行かない?」

久しぶりの提案に、私は顔を綻《ほころ》ばせた。

「行く、またアリスにも会いたいし」

「じゃ、決まりね。今度の休みにね!」

瑞希は手を振って自分の教室に帰っていった。

「なあ、なあ、お前、A組の倉石と仲いいの」

隣の席の男子が私をつついた。

「うん、小学校のころから仲良しだよ」

「倉石って、彼氏とかいんの?」

目を丸くして顔を見ると、「俺じゃない、俺じゃないよ。聞いてくるやつがいるからさ」と男の子が顔を赤くして言った。

綺麗《きれい》な女の子は、それだけで磁石のように恋を呼び寄せる。自分のような磁力のないただの石は、吸い寄せられる先を見つけないとじっと蹲っていることしかできない。焦《あせ》りがじわりと這《は》い上がる胸を押さえながら、私は首を横に振った。

「いないよ。でも、男の子が嫌いみたい。よく断ってるよ」

「そっかあ。でも、それなら、チャンスあるよなあ」

私は苦笑した。チャンスはまったくないだろう。中学校に上がってから瑞希は何度も先輩や同級生に告白されていたが、そのたびに、「気持ち悪い。うんざり」といやな顔をしていたからだ。

家に帰り、部屋に鞄《かばん》を置き制服から着替えると、私はダイニングのドアをあけた。筍《たけのこ》の煮物を温め直し、朝からずっと保温になっている炊飯器からご飯をよそい、あとは冷蔵庫にあった納豆で適当に夕食をたべはじめた。

とっくに食事を終えたらしい母は、テーブルに向かって苺《いちご》を食べていた。芯《しん》が冷たい筍を食べながら母の横顔を見ると、珍しく食い入るようにテレビを見ていた。

それは夜のニュース番組で、インナーチャイルド療法というものについて説明していて、顔にモザイクがかかった女性がそれに挑戦しているという番組だった。

そのとき玄関のドアの音がした。私は納豆とご飯を飲み込み、すぐに椅子《いす》から立ち上がった。ダイニングのドアが開き、珍しく帰ってきた父が私の顔を見て、少し戸惑ったように、言った。

「……なんだ、今、飯だったのか。遅かったんだな……一緒に食べるか？」

「ううん、もう終わった」

そう言うと父はほっとした様子で「そうか」と言い、自分の食事の準備を始めた。

私は食器を持ってすばやくテーブルを離れ、シンクに食べ終えた食器を置いた。洗い物はここに置いておけば母が夜にやるのだった。

私はすぐに二階にあがった。ダイニングもリビングもルームシェアの共同スペースで、私の帰る家と呼べる場所は二階のこの自分の部屋のことだった。

ニナオは子供の頃と変わらない姿で、背の伸びた私を出迎えた。

「ただいま、ニナオ。はじめるよ」

私は合言葉をニナオに投げかけた。

下からは食器の音が微かにしていた。私はその金属音から逃れるように窓をあけた。ニナオは風で大きく膨らみ、私の洋服と戯《たわむ》れるように絡《から》み合った。

食器の音に被《かぶ》さるように、ニナオと窓が風で擦れる音がする。

私は「ニナオ、私、宿題やるね。そばにいてくれる？」と囁いた。頷《うなず》くように、ニナオが風で舞い上がる。

私は生きているように蠢《うごめ》くニナオの横で、数学の宿題をやり始めた。ニナオの布地が擦れ、カーテンレールのリングがぶつかりあう音が部屋に響く。ニナオの強い気配が部屋に満ちていくにつれて、階下の食器の音は遠ざかっていき、やがて聞こえなくなった。

私は安心しきって、プリントの数式を埋め始めた。

私はニナオの発する音と一緒に呼吸しながら過ごす。私の呼吸、シャープペンシルの音、椅子の軋《きし》みと、ニナオの布地がはためく音、窓とニナオが擦れる音、それぞれの音と気配は重なりあって部屋を満たしていく。

私は子供の頃のように抱きついて感触を確かめたりなどしなくても、カゾクヨナニーができるようになっていた。「一緒に暮らしている存在」の音と気配を、脳に伝えればいいのだ。

「宿題終わったよ、ニナオ」

プリントが終わると私は立ち上がってそう声をかけ、疲れた頭を休ませるためにベッドに寝そべった。

カゾクヨナニーを終わらせる号令をかけ忘れたまま、私は浅い眠りに引きずり込まれていた。眠りの遠くから、ニナオの発する音がずっと響いていた。私は全身をその気配に包まれながら深い呼吸を繰り返し、ふっと柔らかい闇に意識を飲み込まれた。


土曜日、約束どおり瑞希と駅前で待ち合わせ、渚さんの家へ向かった。

渚さんはセーラー服の高校を卒業して、大学生になっていた。と同時に、渚さんのお祖母《ばあ》さんの持ち家で今は空き家になっているという、高級住宅地の家に一人で暮らしていた。

渚さんの家のドアはライトグレーだった。古い家でドアだけ塗りなおしたのか、木造の家には似つかわしくなく、そこだけやけに鮮明だった。

私は「自分のドア」を早くも手に入れた渚さんがうらやましくてしょうがなかった。

チャイムを押すと、「はい」とひんやりとしたいつもの渚さんの声がした。

「いらっしゃい」

ドアをあけて迎えてくれた渚さんは、高校生のころよりさらに瘦《や》せたようだった。黒いワンピースは、渚さんの細い手足をますます際立《きわだ》たせていた。

渚さんは、高校生のころはまだ綺麗なお姉さん、という感じだったが、今ではその綺麗さが怖いくらいになっていた。白い皮膚にくっきりと形が浮かび上がった顎や肘《ひじ》の骨の一つ一つまで繊細なつくりをしていて、指の関節にまで見とれてしまう。暗闇を凝縮して滴《しずく》にしたような瞳《ひとみ》に見つめられると、その中に引きずり込まれそうになる。

「おじゃまします。これ、渚さんのお母さんから。渚さんの好物だからって」

瑞希がタッパーの入った袋を差し出すと、少し照れくさそうに渚さんが受け取った。

「いいのに、お母さんたら。あ、煮物まで入ってる」

「里芋の煮物だそうです。あとこれ、私たちから、駅前で買ったスイートポテトなんです。お芋ばっかりになっちゃったんですけど」

恐縮しながら差し出すと、「ありがとう。スイートポテト、大好きなの」と渚さんは微笑んで受け取ってくれた。

「入って、少し散らかっているけど」

渚さんは恥ずかしそうに言ったが、中に入ると少しも散らかってなどいなかった。

広い部屋の中央に木のテーブルがあり、上にはアリスの入った瓶があった。

「アリス、幾つになったんでしたっけ？」

「そうね。15歳かな」

渚さんがそっくりなアリスをみつけるのがうまいのか、三年前とまったく変わらない姿でアリスが蠢いていた。

アリスは砂糖の上を、黒い身体で彷徨《さまよ》っていた。その頭や背中は黒く光り、白い世界の中で一際強く反射していた。

「さあ、お茶にしましょう」

渚さんは私たちが持ってきたスイートポテトと、準備していてくれたらしい美味《おい》しそうなブルーベリーのタルトを出してくれた。

タルトを食べ終わると、渚さんが戸棚から何かを取り出してテーブルの上に置いた。オルゴールのような小さな木箱をあけると、中には様々な模様のカラフルな欠片《かけら》がぎっしりと詰まっていた。鮮やかなピンクの水玉やら、黄緑色のチェックやら、可愛《かわい》い模様をしたものばかりだ。

「何ですか？」

「鍵《かぎ》よ」

一つ手に取って形をよく見ると、それは確かに鍵の形をしていた。

瑞希が真っ赤なハート柄の一つをつまみ上げながら言った。

「わー、すごい。こんな鍵、あるんですね」

「この家の鍵よ。たくさん作ってるの。それで、親しい子に渡しているの」

「えっ」

思わず声をあげた私を、渚さんが睫毛《まつげ》で縁取られた濡れた瞳を細めて見つめた。

「この家は、一人で暮らすには広すぎるから。二階にも鍵はあるし、私は上で暮らして、一階は親しい子たちに鍵を配ってオープンスペースにしようと思って」

「そうなんですか」

オープンスペースがどういうものなのか想像もつかず、私は曖昧《あいまい》に頷いた。

「ただ、騒がしいのは好きではないから、私語は厳禁ってことになってるの。それさえ守ってくれれば中に自由に入って、勉強しても、お茶をしてくれても、眠ってもいいの」

「素敵ですね」

瑞希が身を乗り出して、手に持った鍵を見つめた。

「だから、二人にも鍵を受け取って欲しいの。親しい女の子にしか配っていないから、変な人がいる心配はないわよ。好きなのをとっていいわ」

「いいんですか？」

「もちろんよ」

私たちは顔を見合わせ、それぞれ気に入った模様を選んだ。瑞希は紫色に蝶々《ちょうちょう》が並んだ大人びた鍵、私は水色に雲が描かれた空模様の鍵をとった。

「自由に来ていいのよ。もちろん、まだ中学生だから泊まったりされては困るけれど」

「渚さんは、ずっと二階にいるんですか？」

「そうね、大体はね。洗面所とお風呂《ふろ》は一階にしかないから、そのときは降りてくるけれど。二階にいて、下から人の気配がすると、なんだか落ち着くのよね。図書館よりすこしざわついた喫茶店のほうが、落ち着いて一人で本が読める感覚と、似ているかな」

淡々と話す渚さんを見ていると、なんだか渚さんが着々と一人で生きていく準備をしているような気がした。

渚さんはとても薄そうな皮膚をしているのに、青白いだけで、その中に血の色が見えない。紙粘土みたいだ。それは、渚さんが、こうして静かに覚悟の欠片を、雪のように音もなく、身体の中に降り積もらせているからかもしれなかった。

翌日の日曜日の朝、突然電話がかかってきて、伯母が遊びに来ることになった。母は「伯母さん来るってさ」と言ったきり、リビングでテレビを見ていた。

伯母が来たのはお昼を少し過ぎたころだった。苦手な伯父はいなかったので、私は少しほっとした。玄関で一応伯母を出迎えた私たちに、伯母が明るい声でさりげなく言った。

「洋一さんは、帰ってないのね」

「はい、今日は仕事で」

母は明るく答えたが、伯母は嘘《うそ》だと気付いているみたいだった。

伯母はリビングに入ると、紙袋から私と啓太にお菓子を出してくれた。

「芳子さんも、毎日子供の世話で疲れてるでしょ。たまには甘いものでも一緒に食べようかと思って」

伯母が持ってきてくれたのは、薄皮のまんじゅうだった。

家には揃《そろ》いの湯のみがなく、それぞればらばらのマグカップやらティーカップやらに母が日本茶を注いだ。

すっかりルームメイトになっていた私たちが、伯母の前でまるで家族のように揃ってまんじゅうを食べているのが、何だか可笑《おか》しかった。

ぎこちない私たちの傍らで、伯母は庭を見たり埃《ほこり》だらけの額縁に入った絵を眺めたりして過ごしていた。

夕方になるまでなんとなく「家族っぽく」振る舞いながら、二階に逃げるタイミングを失って何杯目かわからないお茶をすすっていると、伯母がやっと立ち上がった。

「あんまり長居してもご迷惑だしね」

「そんなことないですよお」

大声で言ってみせた母の顔色は悪かった。

「私、駅まで送っていきます」

伯父が一緒でないので、伯母は電車で来ていたのだった。道はわかるからと遠慮する伯母と一緒に、強引に家を出た。ルームメイトに戻って三人で気まずくまんじゅうを片付ける光景の中にいたくなかった。

駅までの道を歩いていると、伯母がやけに明るい声で言った。

「恵奈ちゃんは、元気でやってるの？」

「はい」

私は即座に頷いた。

「そう」

「伯父さんは元気ですか？」

　別に聞きたくもなかったが、伯母の喉《のど》の奥にある言葉を押し戻すように早口で尋ねた。

「口は元気だけど、ちょっと庭仕事で腰を痛めちゃってねえ。前ほど、外に元気に出掛けていけなくなっちゃったわ」

　そう言って微笑む伯母の額にも頬にも、深い皺《しわ》が刻まれていた。

　その皺が伯父と重ねてきた年月を感じさせて、私は思わず口にしていた。

「伯母さんは、家族ってなんだと思いますか？」

「家族？」

「夫婦って、楽しいですか？　私、憧《あこが》れてるんです」

　伯母は私を少しだけ見つめて、口を開いた。

「そうね。日常よ」

「日常？」

「毎日、腹が立つこともあるし、嫌なこともいっぱいあるけどね。日常を、一緒に暮らしていくのよ。いろんなことがありながらね。テレビドラマとかの家族愛とか、私、そういうの大嫌いなの。家族はそんなもんじゃないってね」

伯母は大喜びでそういうのを見ているのだろうと思っていたので、私は少し驚いた。

「じゃ、どんなもんなんですか？」

「……いろいろあるけど、ほんとうに嫌なこともいっぱいあるけどね。毎日、顔をつきあわせて、折り合いをつけながら一緒に暮らしていく、時を重ねていくってことよ。一緒に生きていくって、綺麗なことばかりじゃない。大変なことのほうがずっと多いけれど、それでもやっぱり、たまにはいいこともあるのよ」

「一緒に工夫するんですか」

ついニナオを思い浮かべて尋ねた私に、伯母は笑いながら頷いた。

「そうね。恵奈ちゃんは、ずいぶん大人びているのね。そう、他人同士が家族になるわけだから、合わないことだっていっぱいあるのよ。それでも、一緒に工夫しながら、毎日を暮らしていくっていうことよ」

まっとうとはこういうことか、と私は伯母の言葉の前で立ち尽くしていた。私もこんな風にまともにやれるのだろうか。

ずっと一人で工夫を重ねてきた私は、伯母の皺が寄った手で髪をなでられていた。

「恵奈ちゃんは、優しい子だからね。きっと誰とでも、一緒に工夫して、暮らしていくことができるわよ」

本当にそうだろうか。ニナオとしてきたような「工夫」を、誰かと一緒にすることができるのだろうか。私は伯母の服がニナオみたいに風で膨らんでいるのをぼんやり眺めながら、伯母の指の感触の下で、汗ばんだ前髪を額を引《ひ》っ掻《か》くように爪《つめ》を立ててのけた。

「ただいま」

伯母を駅まで見送った私は、玄関に入ると事務的に呟《つぶや》きながら靴を脱いだ。

伯母がいなくなり、家は再び只《ただ》の水槽に戻っていた。母は疲れたのか、まんじゅうの箱が出しっぱなしになったリビングのソファでタオルケットをかけて寝ていた。弟は部屋に戻ったのか、微《かす》かに二階から音楽が聞こえた。

私は階段をあがり一番奥の自分の部屋へと向かいかけ、ふと和室の前で足を止めた。

伯母の話を聞いてますます母がわからなくなっていた。一緒に工夫してくれる人間が誰もいないこの家で、なぜ母は歯車であり続けるのだろう。

私は音をたてないように襖《ふすま》をあけ、和室の中へ入った。母と父の布団《ふとん》があるこの和室に、私はほとんど入ったことがなかった。

部屋を見回しながらなんとなく奥へ進み窓を見ると、そこには指紋がたくさんついたままになっていた。和室の中で、母はいつも手のひらを窓に貼り付けて外を眺めているのかもしれない。

脂《あぶら》ぎった指紋だらけの窓を離れ、部屋の隅にある小さな戸棚の引き出しを開けた。そこには、畳まれたスカーフや母が友達からもらったみやげ物の類《たぐい》が、雑然と詰め込まれていた。

趣味の悪いハイビスカス柄のバンダナの下に、何か堅いものがあった。私はどきりとして、そっとバンダナをどけた。

そこにあったのは淡いピンク色の薄い本で、表紙には丸っこいレタリングで「インナーチャイルド療法のすすめ」と書かれていた。

この間母が熱心にテレビで見ていたやつだ、と思いながら、私は本を取り出してページをめくった。

初心者向けの本なのか、そこには大きな字とイラストでごく簡単にやり方が説明されていた。寝そべって、泣きじゃくる子供時代の自分を思い浮かべ、その子供を撫《な》でたり話を聞いてあげたり抱きしめてあげたりすることで癒《いや》しを得る、などと書いてあった。

私はいつもニナオとのカゾクヨナニーでそんなものよりずっと効果を得ているので

興味がわかず、肩をすくめて本を元通りに返した。

さらに引き出しを漁《あさ》ってみたが、他にはごてごてしたアクセサリーやら引き出物らしい箱にはいったままの置時計やらがあるだけで、母の内面の呼吸が感じられるものはほとんど見つからなかった。

一体何が楽しくて生きているんだろうと思いながら引き出しを閉め、和室を出た。何となく再び階段を降りてリビングをのぞいてみると、そこでは母がまだ眠っていた。タオルケットから、毛がたくさん生えた赤黒い足が丸見えだった。

枕元《まくらもと》には食べかけらしい煎餅《せんべい》の袋が放られていた。机の上にある伯母のもってきたまんじゅうは、歯型がついたまま放置されていた。

ふっと嘲《あざけ》るように息をついて自分の部屋へ戻ろうとすると、足音に反応したのか、母が苦しそうに寝返りをうった。仰向《あおむ》けになった母の半開きの口から、涎《よだれ》が一筋、伝った。

母の顔にあいた真っ暗な穴から流れ出る透明な水を、私はドアに手をかけたまま、静かに見つめていた。

翌週の週末、早速、渚さんの家のオープンスペースに行ってみることにした。

もらったばかりの空模様の鍵でドアをあけながら、おじゃまします、と言いかけ、瑞希に肩をつかれた。ここでは私語厳禁になっていたことを思い出し、私は口をつぐんだ。

中に入ると、私たちのほかに二人女の人がいた。二人とも大学生風の女の人で、渚さんの大学の友人なのかもしれなかった。

一人は奥で本を読んでいて、もう一人はテーブルで辞書とノートを開いて何かの課題をやっているようだった。私たちは音をたてないように黙ったまま台所に行き、紅茶を淹《い》れて部屋の端に並んで座った。

言葉を交わさない、不思議な空間だった。

私たちは黙っていることに飽きて、瑞希の手帳に筆談で会話を始めた。

（ヒマだね）

（渚さん、上にいるのかな？　行ってみる？）

瑞希が顔に似合わない男っぽい字で書き、二階を指差してみせた。

（上に行ってもいいのかな）

（わかんない。やめとこっか）

（奥の人、B組の田中さんに似てない？）

そう書くと、顔を上げて奥の女の人を見た瑞希が吹き出すのを堪《こら》えた顔で、手帳に書きなぐった。

(やめてよ。声、出ちゃうでしょ)

黙ってるの退屈だね、外に行こうか、と書きかけて、私たちは手をとめた。階段の音がしたのだ。

降りてきたのは渚さんだった。黒いワンピースを着た渚さんが現れると、皆、渚さんに軽く目配せをした。

渚さんがこちらを向いた。私たちが頭を下げると微笑《ほほえ》んで、黙ったまま戸棚からクッキーを取り出した。

それをテーブルの中央に置き、食べていいわよ、という風に指差すと、自分は冷蔵庫から冷たい水を汲《く》んでまた二階にあがっていった。

(なんだか私たち、渚さんのアリスになったみたい)

手帳に瑞希が書いた言葉に、どきりとした。

(ね、外に出ない?)

私がそう書くと、待ってましたというように瑞希が頷いた。

私たちがものの三十分で出ていくのを、他の二人がちらりと見た。

私たちは音をたてないように、用心深くオープンスペースの外に出た。水色の鍵で部屋を施錠《せじょう》し、瑞希と顔を見合わせると、大きくため息をついた。

「あーあ。なんか、疲れた」

「ね。本のない図書館ってかんじ」

「次は宿題とか本とか持ってこないと、やることないね」

「ほんと。渚さん、こんなの楽しいのかな」

瑞希が肩をすくめた。

「ね、今度は人のいない時間を狙《ねら》ってこようよ。そしたら、小声でなら喋《しゃべ》れるし。私語厳禁ってルールはあっても、自由にできる部屋があるのって、やっぱり素敵」

「そうだね。でもそれよりやっぱり早く、自分の『本当の家』が欲しいなあ」

鍵を握りながら、私は呟いた。

「そうだね。それには、もう少しだけ大人にならないと駄目なんだよね。あたしも、早く家、出たいな」

瑞希が小さく溜息をつきながら言った。住宅地を歩きながら、ふと、どの家の中でも、さっきのオープンスペースのように、空洞の中を人が蠢いてるのだと思った。思わず立ち並ぶ家々から目をそらして、ポケットの中に手をつっこんだ。

「あっ」

その拍子に、手に握っていた鍵が滑り落ちた。

「何してるの、恵奈」

瑞希の笑い声がした。私はとっさに返事ができずに、道路の上を転がる鮮やかな水色に目を奪われていた。灰色の上を跳ねていた空模様の欠片は震えるように小さく振動し、やがて動きを止めた。


オープンスペースに居た時から下腹に痛みを感じていたが、家に帰ってトイレに行くと、やはり生理がきていた。

念のため持ってきていたポーチからナプキンと生理用ショーツを取り出す。血がついた下着を脱いで生理用ショーツに穿《は》き替えた。

私は一日目が一番重くて量が多いので、予定日が近づくとショーツも持ち歩くことにしている。いつもなら来る前にナプキンをつけておくのだが、今回は予定日より三日も早くて間に合わなかった。

脱いだ下着にはかなり大きく血の染《し》みができていた。丸めて手の中に隠し立ち上がる。

長い時間座っていたせいで、便器の中は血だらけになっていた。レバーのような血の塊も沈んでいる。それがいつか自分を食い破る寄生虫の破片のような気がして、私は吐き気と腹痛を堪えながら便器の水を流した。

部屋に戻り、丸めた下着をビニール袋の中に隠した。血のついた下着はこうしておいて夜に風呂場でこっそり洗うことにしている。母に見られたくないのだ。小六の春に初潮が来たことも、私はまだ家族の誰にも話していなかった。

もちろん母はとっくに気付いているだろうが、向こうから聞いてくることもなかった。

下腹の鈍痛に顔をしかめながらスカートを脱いで、そこにも血がついていないか調べていると、弟の部屋からまた、ドンドンという壁を叩く音が聞こえてきた。

苛々《いらいら》していた私はスカートを放り出し、ジャージを穿いて部屋を出た。

「うるっさいよ！」

私は怒鳴りながら、弟の部屋のドアを開けた。

「開けるな!!」

弟がひっくり返った甲高い声で叫んだ。私はかまわず部屋の中に踏み入り、オーディオのコンセントを引っこ抜いた。

「何するんだよ！」

「うるさいっつってんだよ！」

私は怒鳴り返して、壁を殴り続けている弟にクッションを投げつけた。

「何か殴りたいなら、クッションでもマットレスでも、とにかく迷惑じゃないものにしてよ！」

「おれの勝手だろ！」

「私の部屋まで聞こえてきて鬱陶しいから言ってるんでしょ！」

弟は私を無視して、枕に顔をうずめた。

壁を思いっきり殴ったらしく木の壁に微かに跡がついていて、弟の右手は赤くなっていた。

それを見て、私の口から長年の疑問が転がり落ちた。

「なんであんた、そんなに真剣になるの？」

「はあ？」

弟は低い声で言い、枕から顔をあげて私を睨《にら》んだ。弟は中学生になっても子供のような女顔で、ちっとも怖くなかった。私は怯《ひる》まずに続けた。

「こんなとこ、どうせそのうち出ていく場所じゃん。それから『本当の家』をつくるわけでしょ。そこからが本番じゃん？　ここではご飯と寝室が与えられれば、それで十分じゃん」

「姉ちゃんのそういうの、何なんだよ」

「は？」

今度は私が口をあけて弟を見た。

「『本当の』『本物の』って姉ちゃんの口癖だけどさ。今、おれ達ここに住んでんじゃん。ここが本当だろ。姉貴は、未来に夢ばっかり見てさ。現実逃避すんなよ。恋に恋してるっつうんだよ、そういうの。気持ちわりいんだよ。だいたい、お前みたいなブス、男は相手にしねーよ」

「るっさいんだよ、ガキ！　現実逃避してんのはあんたでしょ。いつまでもこんな仮住まいに夢みてるくせに」

「こんな家、地獄だよ。でもここがおれ達の家だろ」

私は苛々していた。私たちは寄生虫で、それなのに十分な待遇を受けている。天国であって当然だという前提にとりつかれている弟を見下ろした。

「私はこんなとこ、自分の家だと思ってない。あんただけだよ、そんなこと言ってるの」

思わずそう吐き捨てると、弟が飛び掛ってきた。

弟の身体《からだ》は随分大きくなっていたが、それでも私のほうがまだ背は高かった。弟に頭と肩をめちゃめちゃに殴られ、骨と骨がぶつかり合った。私は勢い良く弟の腹を蹴《け》り飛ばした。

転がった弟のみぞおちを殴ると、弟は低い声で唸《うな》った。

「……っ」

何か言いかけた弟に、私はさらに一発蹴りを入れた。

「私は欲しいものを、必ず手に入れるよ。欲しいものは、あるんじゃなくて作るんだ。あんたよりずっと早く『本当の家』を手に入れてやる」

弟は壁に寄りかかったまま俯《うつむ》いていた。私のたいして強くもない蹴りがそれほど効いているとも思えなかったが、見ると泣いているようだった。

薄暗い部屋の中で、弟の涙は黒ずんで見えた。黒く光る水が弟の爪先《つまさき》近くのカーペットに、血のように二、三滴、滴《したた》った。

苛々した私は、そのまま家を出て自転車に乗った。

奇妙に生暖かい夕暮れの住宅地を自転車で飛ばし、真《ま》っ直《す》ぐに近所の男の子の家へ向かった。

それは私がパスケースに写真を入れている何人もの男の子の一人で、たまたま一番上に写真があった男の子だった。

チャイムを押す前に自転車置き場から物音がして、そちらを覗《のぞ》くと、ちょうど部活帰りといった様子のジャージ姿の高野君が自転車をとめているところだった。

「高野君」

「え？」

高野君は驚いた顔でこちらへやってきた。

「在原？　何してんの、こんなとこで」

「これ」

私はチョコレートを差し出した。

「へ？」

「バレンタインチョコ」

「え？」

高野君は面食らっていた。それもそのはずで、今はまだ五月なのだった。

「好きな人にはいつでも渡していいと思って」

「お前、おれのこと好きなの？」

「うん」

私は頷いた。男子とほとんど話などしたことなくて、高野君とまともに会話するのも初めてだというのに、弟との喧嘩《けんか》の熱が残っているせいかちっとも怖くなかった。「本当の家」に向かうんだという想《おも》いが、私を突き動かしていた。弟に入れ足りなかった蹴りを入れるような感覚で、私は男の子に恋の告白をしていた。やたらに大きな声で恥じらいもなく、私は真っ直ぐ高野君に投げつけるように言葉を吐き出した。

「ずっと好きだったの。私は高野君じゃないと駄目なの。他に代わりはいないの」

小さいころ千絵ちゃんと人形遊びで言ったことがあるような、拙《つたな》いセリフだった。

高野君は耳を掻きながら言った。

「えーっ、まじで？　ぜんぜん、気付かなかったよー」

高野君はしばらくぶつぶつ言っていたが、頷いた。

「いいよ、別に」

「え？」

今度は私が面食らう番だった。

「だから、いいよ」

「付き合うってこと？」

「だって、それを言いに来たんだろ？」

私は曖昧に頷いた。

「じゃ、明日からなっ」

高野君が少し照れくさそうに手を振る、その反対側の手が摑《つか》んでいる赤い包みの中のチョコレートは、さっき私の肉のドアから転げ落ちた血の塊に、少し似ていた。

そんなことを思った瞬間、下腹に激しい痛みが訪れ、また私のドアからどろりと血が染み出す感触がした。

家に入っていく高野君を見ながら、私はぼんやりしていた。こんなに簡単に手に入っていいのだろうか。嬉《うれ》しさより不安感が勝っていた。

家に帰るとダイニングもリビングも真っ暗だった。いつも漂ってくる煮物の匂《にお》いもしない。

出掛けているのかと思いながら二階にあがると、和室の襖が閉まっていた。開くと、中で母が寝そべっていた。

寝ているのかと思ったが、目玉が窓から差し込む街灯の光に反射して光っていた。

じっと天井を見つめている。

私はすぐにわかった。

「お母さん、この前テレビで見てたよね。インナーチャイルドがどうこうっていうやつ。変に熱心に見てたじゃん？　それ、やってみたんじゃないの」

「……」

母はしばらくの無言のあと、明るい声で答えた。

「ああ、わかった？　そうそう、それそれ。この前テレビで見てさ。催眠術みたいで面白そうだったからさ、ちょっとやってみたのよ」

「へえ」

近づいてよく見ると、母の額も脇《わき》も汗ばんでぬるぬるになっていた。

「お母さん、失敗したんでしょ」

私は薄く笑いながらそう言っていた。

母はじっと天井を見たまま少しだけかすれた声で答えた。

「ははは、そうそう。なんかけっこう難しくてさあ」

母はおかしくてたまらないというふうに、笑いながら腹を押さえて、踏まれた虫のように身体をくねらせた。

「家族」に失敗した人は大変だな。私はこの家を出て、「本当の家」に向かっていける。けれど母にとっては、ここがたどり着いてしまった場所なのだ。私は失敗者を見下ろしながら、もう一度言った。

「失敗したんだよね、お母さんは」

「そうなのよぉ。ははは。寝そべってね、まず、小さいころの自分を思い浮かべるんだって。その子が泣いていたり、元気がなかったりしたら、ゆっくり話をきいてやって、一緒に泣いてあげたり、抱きしめてあげたりしろっていうの」

「ふうん」

本当は母の本を読んでとっくに知っていたが、私は感心したように頷いた。

「面白そうだね。それで、うまくいったの？」

母は息を止めたあと、突然、破裂したように笑い出した。

「はははははは、それがさあ、可笑しいの。泣いてる子供時代の自分と出会うところまではうまくできるんだけどさあ、それからねえ、泣いている自分をさ、抱きしめられないの。なんか身体がこわばってさ。気がつくと、その子を殴ってるんだよね」

母は身をよじらせて笑っている。

「ははは、ははは、何でだろ。何度やっても、どうしても殴っちゃうんだよね。しかもバットとかでさ。血だらけになるまで殴っちゃうの。あははは」

「へーえ」

「こんなの、嘘っぱちだねえ。ぜんぜん、癒されなんかしないよ。いつの間にか、半分ひき肉みたいになった子供時代の自分が横たわってるの。それでも止められなくてさ。とうとう静かになるまで殴っちゃったよ」

「バットで？」

「そう、何度も何度も、振り下ろしてさ。はははは」

私も破裂したように、口と鼻から空気が噴き出して、お腹《なか》をかかえてひきつけをおこしたようにぶるぶると空気を震わせた。

おかしくてしょうがなかったのだ。

「あはははは。あはははははは。お母さん、面白いねえ。はははははは」

「そうでしょ。あたしってほら、やっぱ、ちょっと変わってるからさあ。うまくできないんだよねこういうの。あはははは、はははははははは」

「あはははははははははははは」

私たちはひたすら腹の底を震わせて、蛙《かえる》にでもなったようにひたすら笑い声を出し続けた。

「お母さんって面白いね。あはははははははははは」

この家で初めて私たちの笑い声が重なり合って、家中を揺らすように響き続けた。

母は私たちを虐待《ぎゃくたい》するのを我慢しているのかもしれない。そう思うと顔の筋肉がますます持ち上がり、笑い声は止まらなかった。

「はははははは、はははははは」

私たちの笑い声は重なり合い、絡《から》み合って、いつまでも部屋を揺らし続けた。

私は部屋に戻ってニナオに触れた。

私は顔が笑った状態のまま、元に戻らなかった。

そのまま、ニナオの中にもぐりこんだ。

私は母に抱きしめられた記憶もないが、殴られたこともない。それは、人のいい母の辛抱強い努力によるものなのだろう。私はそれにつけこんで、殴られることもなく、こうして元気に生きている。

私はそう思いながら、歯をむき出した満面の笑みをニナオの中に沈めた。

私は明日から恋愛をはじめる。未来のドアをこれから作っていく希望にあふれた自分にくらべ、この家で朽ち果てていく失敗者の母を思うと、笑いがこみあげてしょうがなかった。

窓をあけると、ニナオが風で揺れ始めた。

私は風に震えるように小刻みに振動する手を、ニナオと繋《つな》いで囁《ささや》いた。

「ニナオ、次のドアが開くんだよ」

雨のせいか、ニナオは少ししめっていた。雨の匂いがするニナオの中に、私はゆっくりと沈んでいった。


休み時間に私は高野君に呼ばれ、旧校舎の視聴覚室のそばにある階段の踊り場に並んで座っていた。そこはほとんど誰も通らないので、告白やら付き合ってるカップルのお弁当やらによく使われているのだった。

今日は運よく誰も来ないうちに陣取ることができ、私たちはそこで一緒にお弁当を食べ終えたところだった。

付き合ってからの一週間、私たちがやったことといえば、おそろいのストラップにプリクラ、それとクラスのカップルで流行《はや》っているおそろいのブレスレットだった。携帯の電池の裏にプリクラを貼《は》るころには、私はうんざりしていた。こんなおまじないみたいなものの羅列にどうして付き合わなくてはならないのかわからなかった。

私はこんなことをしている場合ではないのだ。少し苛々しながら、私は高野君を盗み見た。彼は熱にうかされたような顔をしていた。それは、どことなく弟に似ていた。「恋に恋してる」と弟は私に言ったが、それはこういう人のことを言うのだと私は思った。しかしそれを言った弟だって、似たようなものだ。「家族に家族している」とでも言えばいいのだろうか。ただそこに家族という名前で存在していたからというだけで、弟は母や父という人たちと家族をしようとしている。私から見ればどちらも馬《ば》鹿《か》にしか思えなかった。

「高野君って、将来どんな家に住みたい？」

「え？　そうだなあ。まだよくわかんないよ」

「ふうん」

すっかりやる気をなくして返事をしながら、手を繋いだままスカートの裾《すそ》の埃を払った。

汗ばんだ手の先は、恋愛ごっこに溺《おぼ》れる高野君と繋がっていた。高野君は無邪気に遊ぶ子犬みたいだった。恋愛を玩具《おもちゃ》にしてはしゃぐだけでその先に行く気がないのなら、早くこの手を振り払いたかった。

溜息《ためいき》をついて階段を見下ろすと、自分の上履きがあった。そこには、「在原」とマジックで書かれていた。この仮の名字を、さっさと脱ぎ捨てたい。シンデレラがガラスの靴を履き捨てて裸足《はだし》で笑いながら駆けて行く光景が、ふと、睫毛の先に浮かんだ。

4

浩平の部屋の窓からは、どこまでも続く砂漠のような淡い茶色しか見えない。

宿題をやっていた私は顔をあげて、幾何学模様のカーテンの隙間《すきま》からのぞく茶色をぼんやりと見つめた。ベランダではない方の窓は、全開にしても30センチメートル先に隣のマンションの壁が見えるだけなのだ。それでもかろうじて吹き込む僅《わず》かな風がカーテンを振動させていた。

私は高校二年生になっていた。英訳をしていたノートを閉じて立ち上がり、制服のスカートが皺にならないように気をつけながらソファベッドに腰掛け、黄ばんだ白い壁を撫でた。模様も凹凸もない壁に囲まれていると、何かの動物の四角い卵の中にでもいるような気にさせられる。

浩平の部屋にはいつも靴下が散らばっている。私はそれを拾い集めてベッドの隅に乗せた。

シャワーを終えた浩平が頭を拭《ふ》きながら出てきた。靴下を綺麗《きれい》に重ねている私を見て、照れくさそうに笑った。

「あ、また散らばってた？」

「うん。青いやつ、片方なくなってるよ」

「まじ？　あ、そういえば、穴があいてるの捨てたから、それかも」

「なんで両方捨てないの？」

浩平は濡《ぬ》れた頭を掻きながら困った顔をした。

「いや、だって、もう片方はまだ使えそうだったからさあ……」

私は思わず吹き出した。浩平とこんな他愛もない会話をしていると、本当に穏やかな気持ちになる。

大学生の浩平とは付き合って一年ほどになる。高校一年のころ仲が良くなった友達の彼氏とその友達と、男女数名で集まって季節外れの鍋《なべ》パーティーをしたのがきっかけだ。「女子高生の作る鍋なんて、もう二度と食べられねーかもよ」そう言って盛り上がる男子大学生数名の中で、一番穏やかに黙々と鍋を食べていたのが浩平だった。

女子高生はああだこうだと、私たちを記号的に扱ってはしゃいだりしないところが感じがよかった。初対面で「ちゃん」付けで呼んでくるほかの人とちがって、きちんと皆のことを「さん」付けで丁寧に呼んでくれるところもよかった。

方角が一緒だったので送ってもらいながら、メールアドレスを交換したあと、お喋りをしながら帰った。

「俺もさ、一人暮らしなんだ」

何気なく浩平が言ったときから心臓が痛くなった。それが浩平に対してなのか、浩平が持っているドアに対してなのか、わからなかった。

「どんなドア？」

「え？」

「浩平さんの家、どんなドアなんですか？」

私の質問にきょとんとした浩平は、「改めて聞かれるとわかんないなあ。普通のドアだよ」と笑った。笑うと、目尻に綺麗な皺ができた。

家でニナオとカゾクヨナニーをしながら、彼の家のドアを思い浮かべ、その奥に佇《たたず》んでいる目尻《めじり》の皺を思った。そのたびについつい浩平にメールをしてしまうようになり、いつの間にかやり取りは頻繁になり、付き合うことになった。

初めてセックスをしたとき、私たちの身体《からだ》は着慣れたシャツのように馴染《なじ》んでいて、少しも痛みがなかった。ＴＶや雑誌の情報にあるような快楽はなく、代わりに強い安《あん》堵《ど》が下半身に押し寄せた。友達カップルは別れてしまって、それ以来集まることはなかったが、浩平と私はまだ続いている。

こうして暖かい直方体のなかで肩を寄せ合うのにふさわしい人。私は浩平のことをそう感じていた。

「恵奈、今日も泊まっていきなよ」

一年たって、浩平は私に甘えてくるようになっていた。「いいよ」と言いかけて、「やっぱりだめ」と言いなおした。

「なんで？　恵奈の親、泊まり怒んないじゃん」

「宿題あるし。着替えも持ってきてないもん」

「下着は置いてあるじゃん」

「シャツがない、あと、靴下も」

肩をすくめて「これで行けば」と片方しかない青い靴下を見せて笑ったあと、浩平が抱きついてきた。

「重いよ」

笑いながら言う。浩平が溜息をついた。

「あーあ、一緒に暮らせたらなあ」

私は心臓を弾《はじ》かれた振動に一瞬息を止め、すぐに小さく笑った。

「……そうだね。暮らせたらなあ。この部屋なら、二人、ぎりぎり眠れるもんね。私、荷物少ないし」

「でもそういうわけにはいかないよなあ、やっぱ、まだ高校生だし」

「……うん。でもまあ、うちの親は気にしない人だけどね」

自分が渇望《かつぼう》することを冗談めかして言われるのは好きじゃない。まだまだそれが遠いことだと思い知らされるからだ。

子供なんてつまんない、と瑞希がよく呟いていたことを思い出す。本当にその通りだと、私は小さく息をついた。

「恵奈が大学生になったら、暮らそうな」

私の中で飢えた浅ましいものが蠢《うごめ》いて、浩平から特定の言葉を引き出そうとしている。それにも気付かず、浩平は呑気《のんき》に微妙にずれたことを言って、私をますます飢えさせる。

「じゃ、そろそろ帰る」

私は皺になったスカートをはたいて立ち上がった。冗談半分の言葉に笑顔で頷《うなず》くのは得意ではない。急にそっけなくなった私を不思議そうに見ながら、浩平は、「じゃ、送るよ」と身体をおこした。

家に着いて門を開けながら、自分の家を見つめた。一階の窓は全《すべ》て薄暗く、外灯すらついていなかった。

二階にあがって部屋へ向かおうとすると、和室の襖が開きっぱなしになっており、中では母が寝そべっていた。

「ああ、恵奈、帰ってきたんだ」

足音に気付いた母が起き上がった。

「ごはんいらないってメールあったから、泊まってくるのかと思った」

「宿題あるから」

私は短く答えた。

「それにしても、あんた、外に泊まってばっかりで、あたしの若い頃とやることがそっくり。あたしもさあ、昔はぜんぜん家に帰らなかったんだあ」

「そ」

私は短く返事をして、部屋に戻った。

母は育ってきた私を「気の合う人」と思うようになったのか、友達のように喋りかけてきたり共通点をあげてみせたりするようになっていた。私はそれにろくに返事をしなかった。

弟の部屋からは物音一つしない。けれどおそらく中にいるのだろう。弟は書斎にこもっていた父のように、家では部屋から出てこなくなっていた。

父の顔を見る機会はほとんどなくなっていた。籍を入れたままなのが不思議なくらいだったが、それが父のずるさなのかもしれなかった。外に恋人がいてそちらで暮らしているということ、その恋人というのは父と同い年の中年の女性らしいことをうっすらと知っているだけで、興味のない私はそれ以上の情報は別にいらなかったし、弟や母との間で話題になることもなかった。

私は部屋に入り、ニナオに顔をよせた。

(ただいま、ニナオ)

そのままカゾクヨナニーを始めても良かったが、疲れていた私は頬をニナオから離してベッドに横たわった。

私は浩平の家のドアを思い浮かべた。最初にそのドアを開けたとき、私たちはまだ付き合っていなかった。部屋が見たいと、メールで私がねだったのだ。何度も何度もカゾクヨナニーのときに思い浮かべていた浩平のドアの本物を見たとき、私はとても興奮していた。それは、性欲のセイヨナニーをずっとしていた男子中学生が初めて本物の女性の身体を前にしたときの感覚に近いのかもしれなかった。

浩平の家のドアは暗めの水色で、少しだけペンキがはげかけていた。私はひんやりとしたドアにそっと触れた。

「綺麗なドア」

私は独り言のように呟いた。「安いアパートだから、ペンキはげちゃってるんだよね。恵奈ちゃんって、変わってるなあ」浩平は私を甘やかすように笑った。目尻にはまた、あの綺麗な皺《しわ》がよっていた。

そのドアの中で、私は浩平に好きだと伝えた。浩平は少し顔を赤らめて頷いた。

その日は、ドアの中で浩平が私に触れることはなかった。ただ一緒にティーバッグのお茶を飲んで、手も繋がずに帰った。性的ではないそうした距離感はまるで老夫婦のようで、私はますます高揚した。

浩平の家のドアは、渚さんがくれた空模様の鍵《かぎ》と少し似ていた。はげかけたペンキからみえる淡い灰色は、雲のようだった。

浩平と付き合うようになっても、カゾクヨナニーの回数は減らなかった。私とセックスをしても、セイヨナニーを頻繁にしているらしい浩平と同じだ。

私は横たわったまま、ぼんやりとニナオに目をやった。

大学に入ってからだとして、あと一年半以上。いや、結婚が本当の家族を作るゴールだとしたら、もっとか。私は気が遠くなって溜息をついた。

ニナオの向こうを車の光が通り過ぎ、ぼうっとニナオが光る。私は枕へ片側の頬を押し付けたまま、いつまでも始まらない映画のスクリーンのようなニナオへ何かを待つように視線を投げかけていた。


「恵奈！」

ファミレスの自動ドアを開けた瞬間、呼びかけてきた声のほうを向くと、奥のソファ席で瑞希が手を振っていた。

「ごめんごめん、遅くなっちゃって」

「平気、あたしも少し前に来たばっかりだから。何にする？」

「そうだなあ。とりあえずドリンクバーでいいや」

瑞希がすでにドリンクバーの紅茶を飲んでいるのを見ながら、私は答えた。

「そっか。あたし、ちょっとお腹すいちゃった。ほうれん草のソテーでも食べようかなあ」

瑞希がメニューを開きながらボタンを押した。よく食べるのに、瑞希はあまり太らない。細い手首には黒い個性的なデザインの時計がぶら下がっていた。

瑞希と会うのは一ヶ月ぶりだ。高校が別々になってからもこうしてたまに連絡をとっては、地元のファミレスやコーヒーショップで会ってお喋りをしていた。

「彼氏は元気？」

「うん。まあまあかな」

「なんか醒《さ》めてるな。最高ではないってことね」

「だって、まだ一緒に暮らせるわけじゃないし。なんか、気が遠くなってきちゃって」

二人でドリンクバーのドリンクを注ぎながら言葉を交わす。

「瑞希は？　彼氏できないの？」

「あたしは興味ない。特に同世代の男はバカばっかりだし。大学生くらいでもガキっぽい」

「そうかなあ」

首をかしげると、コーヒーを注ぎ終えたカップをソーサーに載せながら瑞希が言った。

「付き合うなら、うんと年上がいいな。でも今んとこ、周りにはいない。変なオヤジなら寄ってくることあるけど」

「ふうん」

ジンジャーエールに氷を入れながら、私は瑞希ならどんな人とでも付き合えそうなのにもったいないなあと思っていた。

飲み物を持って席に戻ると、テーブルの上で瑞希の携帯が点滅していた。

「あ、バイト先からだ」

そういって手に取った瑞希の携帯からは、ストラップのように小さな鍵がぶらさがっていた。鮮やかな紫色の鍵に、私は思わず声をあげた。

「あれ、瑞希そこにつけてるんだ」

「うん。綺麗でしょ。恵奈は？」

「私は財布の中。でも私もそうしよっかな」

私は財布から、水色に雲が描かれた鍵を取り出した。

「そうすれば？」

「でも落としたら危なくない？」

「渚さんなら大丈夫だよ、なんとなく」

瑞希が笑った。私もそんな気がして思わず吹き出してしまった。

「今日も行こうかな」

人差し指で鍵を弄《もてあそ》びながら瑞希が言った。

「今でもそんなに頻繁に行ってるの？」

「週に一回くらいは行ってるかも」

「そうなんだ。私も行きたいなあ」

あれからもオープンスペースにはちょくちょく二人で行っていたが、私が浩平と付き合うようになってからは、瑞希が一人で行くことの方が多くなっていた。

空の模様の鍵に触れながら、私は呟《つぶや》いた。

「いいなあ、渚さんは。私も早く自分の家が欲しいな」

「浩平さんに言えばいいじゃん、ここで暮らさせてって」

「だめだよ。常識人だもん。私、まだ高校生だしって、そればっかり」

「まあ、そりゃそうか」

瑞希の言葉に、私は溜息をついた。早く自分のドアが欲しい。あの水色のドアを自分のものにしたい。

ぼんやりと水の入ったコップを見つめていると、瑞希の注文したほうれん草のソテーが運ばれてきた。

見ているとお腹がすいてきて、私はフォークを手に取った。

「一口ちょうだい」

「しょうがないなあ」

瑞希がお皿をこちらへずらしてくれる。油で光る緑色を見て、ふと思いついて顔をあげた。

「そういえば、アリスは元気?」

瑞希がお手拭をつかいながら頷いた。

「うん。今も、部屋の真ん中で、ずっと生きてるよ」

鮮やかな黒い姿がはっと瞼《まぶた》の裏に甦《よみがえ》り、身をひいてしまいテーブルに膝《ひざ》がぶつかった。置いてあった塩の瓶が倒れ、まるでアリスの住む世界のような白い粉の絨毯《じゅうたん》が、音をたててテーブルの上に広がった。

瑞希と別れて家に帰り、冷凍庫からおかずを取り出す。母は今ではもう煮込み料理も作らず、おかずをいくつか冷凍庫や冷蔵庫に入れておき、それぞれがレンジで温めて食べるということになっていた。

私は凍った餃子《ギョーザ》を解凍しながら、常に保温のままになっている炊飯器からご飯をよそった。

一年前に祖母が死んでから、母はますますこのシステムの義務を最低限しかこなさないようになっていた。母は、祖母に見せるために義務を果たしていたのかもしれなかった。

食卓につくと、珍しく弟が降りてきた。

視線をやると弟はすぐに顔を伏せ、冷蔵庫に向かった。

私から一番遠い席に座った弟は、解凍したハンバーグとお湯で溶かしたコーンスープを黙って口に運んでいた。

同じテーブルの上でバラバラのメニューを食べている光景は、まるで高校の学食みたいだった。

私も黙ったまま餃子を食べ終え、すぐに立ち上がった。部屋に戻ろうとダイニングのドアをあけながらちらりと弟を見ると、俯《うつむ》いたまま黙々とハンバーグを箸《はし》で突っついていた。

部屋に戻り、財布と携帯をポケットにいれ、念のために薄手のパーカーを持って玄関に向かった。リビングからはテレビの音と母の馬鹿笑いがした。

少しだけドアをあけ「今日、泊まってくる」と言うと、こちらを向かないまま、「はいはい」と母が応じた。

玄関にいくと、ちょうど夕食を終えた弟が出てくるところだった。弟は出掛ける様子の私を見ると、冷えた視線で小さく笑ったようだった。私は無視してドアをあけ、生温い夜の中に身体をねじ込んだ。淡い桃色のペディキュアを塗ったサンダルのつま先が、すぐに暗闇《くらやみ》に溶けて見えなくなった。


突然の訪問に、浩平は慣れた様子で私を招きいれた。

「ご飯は食べてきちゃった」

「うん、俺も今食べたとこ」

「そうなんだ。あー、また溜《た》め込んでる」

部屋に入ると、私は洗い場に立ってシンクに重ねられたお皿を洗い始めた。

さっき食べたらしいカップラーメンのカップも流しに置きっぱなしになっている。浩平の家に来るたびに、それらを処理するのが習慣になっていた。

「いいのに。ありがと」

雑誌を読みながら、どこか嬉しそうに浩平が言う。私はこうしていかにも浩平が喜びそうなことをするのが好きだった。こっちの水はあーまいぞ、という歌を思い出す。まるきりその歌詞の通り、いかに「私と一緒に暮らす」という水が甘いのか、浩平がお腹一杯にならない程度にほんのちょっぴり味見させようとしてしまうのだ。

浩平がその甘い水をもっと飲みたくなるのを私は願っていた。

外にドアを持てる日、自分のドアを持てる日を、指折り数えて待ってしまう。

大学を出てからだとしたら、あと五年半。それまで浩平と私は続いているだろうか。女子高生と付き合いたいという理由からではなさそうだから卒業してすぐに飽きられるということはないと思うが、それから四年間続くかというと微妙だ。浩平と別れたとして、私には次の相手がすぐに見つかるだろうか。

そんなことをぼんやり考えていると、「どうしたの」と言う声と共に蛇口が閉まる音がして、自分が水を出しっぱなしにしていたことに気がついた。

「あ、ごめん」

「いや、いいけど。何か悩み？」

「ううん、別に」

私はタオルで手を拭いてソファに座った。

幾何学模様のカーテンを見ると、少しニナオを思い出す。その隙間の淡い茶色が遠くまで続く砂漠に見えて、ふっと息を止めて見つめた。

「どこ見てんの」

急に後ろから浩平に抱きしめられた。

「なんか今日、ぼんやりしてるね」

「そうかな」

「うん。俺もぼんやりしてるけど」

「ふうん」

私が生返事をすると、浩平の腕の力が強くなった。

「どうしたの？」

「こっち向いてくれる？」

「向けないよ、こんなに強くされちゃ」

笑って答えると、浩平の腕が緩まった。

「なに？」

まさか別れ話だろうかと思い、わざと不真面目《ふまじめ》に笑ってみせながら向き直ると、浩平が言った。

「あのさあ。いっつも冗談みたいに流されちゃうけどさ。俺、本当に恵奈とはずっと一緒にいようと思ってる」

「ずっと一緒、ね」

その曖昧《あいまい》な言葉が私は好きではなかった。具体的でないし、子供の指きりみたいにあやふやなくせに、誠実っぽさを無理矢理かがされてるようで苛々《いらいら》する。

「そう。だからさ」

「だから、何？」

私はもうやる気をなくし始めていた。所詮《しょせん》、まだ高校生なのだ。家庭の匂いを香水みたいに身体中に染《し》み込ませてぷんぷん振りまいたところで、恋人プレイの延長線上のままごとに付き合わされるだけ。中学の、あの高野君と同じようなものだ。彼とは三週間で自然消滅してしまった。

二人でとったプリクラを瑞希と一緒に燃やしたことをぼんやり思い出していた私がふと気付くと、浩平の顔がすぐそばにあった。

「だからさ、結婚しようよ」

「結婚……？」

私は思わず口を涎《よだれ》が出そうなほど大きくあけていた。

「もちろん、すぐは無理だけど。大学進学しなくてもさ、来年には俺、就職だし。恵奈とならって思うし」

「本気で言ってるの？」

自分のほうが子供なのに「若気の至り」を目の前で見ているようで、身を乗り出して問いただしてしまった。

「本気だって。もちろん、恵奈が高校出たら、また改めてプロポーズするけど」

「プロポーズ……」

私は息を止めた。真剣な表情で浩平が続ける。

「とにかく、何の保証もないから信じられないかもしれないけど。俺はそう思ってるから。恵奈には覚えていて欲しいんだ」

「ほんとに？」

「ほんとだよ」

私は浩平ののっぺりとした顔を、やっと受験に合格した浪人生のような顔で見上げた。何年も何年もかかってついに掲示板に自分の受験番号を見つけた、そんな気持ちだったのだ。

頭の中でこの部屋の水色のドアが点滅する。やっぱりここが、私の「帰る場所」だったのだ。うわごとのように私は言った。

「……じゃあ、婚約の証拠が、ほしい……」

「え、証拠!? 指輪とか、そういうこと!? わかった、あんまり高いのは無理だけど、バイト代出たら……」

「違う、違うの」

私は慌《あわ》てて遮った。

「物の話じゃないの。……婚約指輪代わりに、夏休みの間だけ、この家に泊めてほしい……」

「えっ?」

「このドアの中に帰ってきたいの……。浩平と暮らしたいの。もちろんまだ学生だから、夏の間だけでいい。物はいらないから、それが欲しいの」

浩平は驚いた様子だった。

「親は?」

「平気、うちの母親なんかむしろ応援してる感じだもん。父親は帰ってこないし。ね、夏だけ。電気とか水道とか、お金かかると思うけど。私もバイトするし」

「そんなのはいいよ。でも俺、恵奈のお父さんに殺されないかな」

「だから大丈夫だって。あの人はもう家をほとんど出てるんだから」

私の真剣な表情に、浩平が私の髪の束を指に絡めながら言った。「証拠がほしいなら、俺、指輪あげるよ？　物じゃなくていいの？」

「物じゃないほうがいい。夏の間だけ、ここで暮らせたほうがいい。それが欲しいの。それが、それが……ずっと……私、探し……」

喉《のど》が詰まって、その先は続けられなかった。

私は限界だったのかもしれない。必死に言葉を紡《つむ》ぎながら、なぜか目頭が熱くなっていた。

「……うん。いいよ。恵奈の親の了解とれたらな。それなら、もちろん俺だって、そうしたいし。本当は、そのままずっと家で暮らしてほしいくらいなんだからさ。ちょっと狭いけど」

浩平は私の髪を撫《な》でた。私は溺れるように、必死にそのシャツを摑んだ。ずっと溺れていたのかもしれなかった。

浩平は、太陽が染み込んだニナオのように温かかった。

そのとき私は、長い長い道のりを経て、やっとドアを見つけたのだと思った。出てきたドアではなく、帰るためのドア。私はそれをやっと見つけたのだ。

「私、夏休みの間、帰らないから」

保温になっている炊飯器からご飯をよそいながら、私は洗濯物を畳んでいる母に言った。

「あ、そう？　洗濯物が減って楽だわー」

母は笑い飛ばしたあと、私に近寄ってきて背中を叩《たた》いた。

「彼氏のところでしょ？　あたしなんかさあ、恵奈の年のころには家出てたよ。すごい年上の恋人がいてさあ」

「お父さんには言わないでね。面倒になるから」

「わかってるって。どうせ帰ってこないからバレないよ」

母はまた耳障《みみざわ》りな、豪快をよそおった濁った笑い声をあげた。

「そのまま同棲《どうせい》しちゃわないの？」

母にそう聞かれてひやりとした。母は早く私が出て行くことを望んでいる。それはそうだろう。産んだというだけで十何年も縛られて、延々家事をやらされ金を出させられ続けているのだから。

「まだ高校生だし、そんなことしないよ。受験もあるしね」

見下ろしながら言うと、母は「真面目なんだから、恵奈は」と、また声をあげて部屋を揺さぶった。私はしわくちゃになって縮んだ母から目をそらした。

簡単に荷物をまとめていると、ノックもなしに部屋のドアが開かれた。

驚いてそちらを見ると、薄暗い廊下を背負った弟が立っていた。

「あんたか。どうしたの？」

弟の顔は不気味なくらい青白くやせこけていて、骨ばった女のようだった。

「別に。姉貴が昔っから言ってた『本当の家』とやらにやっと行ってくれるのかと思って、せいせいしてたらさ、夏だけだっていうからさ。やっぱり姉貴には、ガキの遊びみたいなことしかできないんだなと思って」

「私は大学行くからね、学費払ってもらってる間は完全には出て行かないよ。あんたこそ、早く出て行けば？」

「俺は姉貴みたいに、夢見がちなガキじゃないからさ。『本当の家』なんてどこにもねーよ。姉貴の行く場所なんてどこにもない」

ひんやりとした声を聞き流しながら、私は下着を鞄《かばん》に押し込んだ。

「あんまり絡んでこないでよ。あんたなんて、私にとっては利用価値もないただのガキなんだからさ。部屋にこもってなよ、いつもみたいに。鬱陶《うっとう》しいな」

「……姉貴は失敗するよ。俺たちはこれから、どこに行ったたって、『家族』に失敗するんだ」

弟の声は奇妙に澄んでいた。川の流れのようにさらさらと、こちらに流れ込んできた。

私は返事をせずに、黙々と荷物を鞄に移していた。古くなっていた下着から僅かに飛び出たワイヤーが手の甲を引っかいて、細い赤い跡が皮膚の上を走った。


翌週から、浩平の部屋に泊まる日々が始まった。

浩平の大学は私よりも前から夏休みになっていたが、平日は全部バイトにあてていた。

近所のステーキ店で朝の十時から夕方の五時まで働くと、浩平は立ち仕事に疲れきってアパートに帰ってきた。

「おかえり」

私はいつも浩平を玄関まで出迎える。といってもワンルームなのでトイレの前の通路から少し顔を出すだけなのだが、浩平はいつも嬉《うれ》しそうに私の髪を撫でる。

「ただいまあ。あー、いいなやっぱ、恵奈がいる家に帰ってくるのって」

「ごはんできてるよ」

「ほんとだ、いい匂《にお》いする」

今日はカレイの煮付けと、青梗菜《チンゲンサイ》の炒《いた》め物と、出汁《だし》をちゃんととったお味噌汁《みそしる》だ。浩平は何でも好きで特にシチューが好物のようだったが、家でずっと大鍋の煮込み料理を温めなおして食べていた私はあまり食べる気がしなくて、携帯で料理サイトを見てはそれらしいものを適当に作っていた。

料理などほとんどしたことがなかったので、あちこち焦《こ》げたり微妙に味が薄かったりしたが、浩平は美味《おい》しい美味しいと何でも食べてくれた。

「はい」

よそったご飯を差し出すと、浩平は嬉しそうに受け取った。

「いいよなあ、こうゆうの。夏が終わったら、すげー寂しくなっちゃうかも」

そりゃそうだ、と私は思った。そうなるように、こんなに甲斐甲斐《かいがい》しくしているのだから。

「私も寂しい。ずっとこうして暮らしてたいなあ」

自分が作った甘すぎるカレイの煮付けを飲み込み、私は頷いた。

こんな光景をどこかで見たなあ、と私はぼんやり考えていた。昔、千絵ちゃんの家に行くと、典型的なホームドラマのような会話が本気で交わされていて、薄気味悪い違和感があったものだった。けれどそれにそっくりのやりとりを今、自分がしている。

そんな考えがよぎり、私は慌てて立ち上がった。

「お味噌汁、ちょっと冷めちゃってるね。貸して、温めなおしてくる」

「ありがと」

浩平は呑気な様子で私にお椀《わん》を差し出した。ワカメの量を間違えて具だらけになった吐瀉物《としゃぶつ》のような味噌汁を、私は微笑《ほほえ》んで受け取った。

「えー、じゃあ今、彼氏のところにいんの？　恵奈って大人しそうなのに、けっこう大胆だよね」

「そうそう、浩平さんにもすぐに電話番号聞いてたし。行動早いよね」

中学の頃高野君と突然付き合った時もそんなことを言われたなあと思いながら、私は頷いた。

「まあ、夏の間だけだけど」

「えー、親は？　怒んないの？　家出じゃん」

「母親に許可もらったもん。うち、放任だから」

私は肩をすくめてモンブランケーキを口に運んだ。

今日は夏休みになって初めて、高校の友達と集まってケーキバイキングに来ていた。甘いものはあまり好きではないので、そろそろギブアップしてしまいそうだ。皆は色とりどりのケーキをお皿一杯に並べて、楽しげに頬張っていた。

「あーでも、やっぱ彼氏とかいるといいよね。うちなんか家族旅行ばっか。ぜんっぜん、出会いもないし」

「美穂は？　短期でバイトしてるんでしょ、出会いとかないの？」

「期待してたけど、ぜんぜん駄目。つまんない。うちもお父さんがやたら張り切っててさ、今年は海外行くんだよね」

「そっちの方がいいじゃん」

私が笑うと、「家族より、やっぱ彼氏のほうがいいよー」と美穂ちゃんが溜息《ためいき》をついた。

「まあまあ、家族サービスしなよ、たまには」

「美穂ふだん遊び歩いてるからさー。お父さんもうれしいんだよ」

他の子の声に、美穂ちゃんは「まあ、いいけどさー」と言って、茶色く長い髪の先を引っ張った。

「浩平さんって、結婚願望とか強そうだもんね。恵奈、受験しないでもいいんじゃないの」

冗談めかして言われて、「いや行くよ、それは」と軽く返事をした。

私が大学は行くと決めているのは、ひょっとしたら只《ただ》の復讐《ふくしゅう》なのかもしれない。

ふとそんなことを思い、思わず笑ってしまった。復讐って、なんだ。それは裏切られた人間がすることで、裏切る人間の言葉じゃない。

「何、にやにやしてんの恵奈、彼氏のこと考えてるんでしょ」

美穂ちゃんに小突かれて、私は曖昧に笑った。

「ま、うちも、お父さんうざいけどさ、なんだかんだ言って、最後には親だしねー。お姉ちゃんが一人暮らししてるんだけどさ、家をでると、実家に感謝するから、今のうちに親孝行しろって凄《すご》い言ってくる」

「ああ、なんか皆、そう言うよね。でも門限とか、うるさくて面倒だし、まだ有難味とかわかんないけどね」

私はぼんやりと皆の会話を聞いていた。

「家族って何だと思う？」と冗談めかして聞くと、そりゃ大事なものだとか、一緒に生きてくパートナーだとか、日常を暮らす人なら誰でも家族なんじゃないのとか、血さえつながってればなんでも家族だとか、皆それぞれの意見を言う。それはどうにもバラバラで、なんだ、皆テキトーじゃん、と私は思う。

いつか伯母が話してくれたすこぶるまともな家族観と、その先に待っている伯父の「在原家の血」という言葉が、同時に頭の中に甦った。

奥歯が軋《きし》んだ。ここにいるどの身体の中にもその赤い水がある。どの肌からも微《かす》かにその赤が透けていた。

「恵奈あ、お行儀悪いよ」

気がつくと、私は強くストローを噛《か》んでいた。

「あ、ごめん、癖なんだ」

歯で潰《つぶ》れたストローを指で直しながら、私は小さく笑った。

「恵奈、モンブラン残すの？　もらっていい？」

お皿を覗《のぞ》き込んだ美穂ちゃんの頬にもうっすらと朱色が透けている。

伯父のような人たちにとって、私たちは血を未来に運ぶためのコップなのかもしれない。背筋が冷たく痺《しび》れ、思わず身体をひいた。

「恵奈？」

不思議そうにこちらを見る美穂ちゃんに「あ、うん、いいよ」と返事をしながら、額の脂汗《あぶらあせ》を手のひらで拭《ぬぐ》って俯いた。

私は皆に見えないように膝の上で拳《こぶし》を握った。汗で湿った手の甲には、水色の血管が浮き出ていた。

カラオケに行こうという皆の誘いを断って浩平の家へ帰ると、まだ浩平は帰っていなかった。

私は、私用に浩平がスペースをあけてくれたクローゼットの中から鞄をとりだした。そこには念のためもってきた長袖《ながそで》が数枚と、折りたたまれたニナオが入っていた。

家に人がいないうちにオナニーで欲を処理する。まるで思春期の男の子のようだ。少し違うのはそれが家族欲だということだ。

ニナオとする「カゾクヨナニー」はまだ続いていた。まだ欲が解消されないのだから仕方がない。むしろ、不気味なくらい湧《わ》いてきている気すらする。

「ニナオ。はじめるよ」

私は合言葉を呟いた。ニナオを抱きしめて頬を摺《す》り寄せる。首筋と耳の後ろにニナオが触れ、私はその感触を味わうように目を閉じる。ニナオからは少しだけ埃《ほこり》っぽい匂いがした。

本物のセックスをするようになったからといってセイヨナニーをしなくなるとは限らないように、本物の家族を手にいれたからといって、家族欲の自己処理がなくなるとは限らない。だからいいんだ、と言い聞かせながら、私はニナオを撫でた。

ニナオの音、匂い、感触、彼の発する気配の全てを全身で浴びる。久しぶりに家族の顔を見る安心感がこみあげる。乾ききった脳にニナオの存在が染み込んでいく。下腹で蠢く家族欲を私は素早く処理していった。欲が処分され空洞になっていく下腹には子宮を糸で引っ張られているような、ひきつった痛みがあった。今日は排卵日だからこれは排卵痛なのかもしれない。

痛みをこらえながら、私はニナオに顔をうずめた。

浩平と付き合うようになってからは携帯のサイトで自分の生理日や安全日を管理している。もちろん安全日でも避妊はするが、念には念をいれたいのだ。

携帯電話に「今日は排卵日です」と表示されているのを見ると吐きそうになる。「卵」という文字から、いつか事典で見たサナダムシの白い卵を想像してしまう。何か見えないものが、自分の体内に産み付けた卵。その卵が子宮を痛ませているような気がしてならないのだった。

風でふくらんでいないニナオは、あのころに比べると随分年をとったように思えた。

そのとき物音がして、私は慌ててニナオを鞄にしまった。

「おかえり」

「あれ、今日は友達とケーキじゃなかったの」

「うん、三個しか食べられなかった」

「なんだ。それじゃ元とれないよ、もったいないなあ」

浩平は笑って私の頭を撫でた。

「ごめんね、今日はご飯まだ作ってないんだ。今、帰ってきたばっかりなの」

「いいよいいよ、じゃ、ファミレスにしない？　あ、その前に風呂《ふろ》に入っていいかな。すげー汗かいちゃってさあ」

浩平は服を脱ぎながらユニットバスへ向かった。

「恵奈もおいでよ。今、シャワーあびたらファミレスから帰ってそのまま寝れるしさ」

「えー、狭くない？」

「大丈夫だって」

浩平に言われて、私はシャワーカーテンの中に入った。

「髪の毛洗いっこしようよ」

浩平は私にシャンプーを差し出した。

「いいよ」

私は浩平の髪を洗い始めた。濡《ぬ》れた髪で浩平が私の胸に寄りかかる。

「あー、気持ちいい」

「洗えないよ、ちゃんと首、しゃんとして」

「いいよなあ。俺、夢だったんだよね、こうやって彼女と髪の毛の洗いっこするのがさあ。夫婦になっても、ずっとやろうね」

私はシャワーから跳ね返るお湯に髪を揺らしながら、浩平を包み込んでいた。

それにしても浩平は楽しそうだ。一ヶ月限定の、責任のない夫婦ゲームに浩平はすっかりハマっていた。呑気《のんき》だなあ、と私は溜息をつきたくなった。私はここを「本当の家」にしていかなくちゃならないのに。

こんな夢の中のお姫様みたいな状態の人と一緒にそれができるんだろうか、と私は思った。私たちがお互いにパズルのピースを演じあうことをやめて、デコボコの生身の人間同士として向き合い、ちゃんと二人の絵を描く日はいつだろう。そして、その絵は「家族」と呼べるのだろうか。私は不安に思いながら、浩平の髪をさらに泡立てた。

浩平の顔の上を、シャンプーの泡が滑り落ちた。夢を見ているように伏せられた濡《ぬ》れた睫毛《まつげ》に、白い泡が絡《から》みつく。

「うわ、くすぐったい」

「だめだよ浩平……目を開けたら、痛くなっちゃうよ」

何に対してそう言っているのか、自分でもわからなかった。

「うん」

浩平は素直に頷くと、瞼の裏にある柔らかい闇に潜り込むように、さらに睫毛を下瞼に沈めて深く目を瞑《つぶ》った。


翌日、いつも通り浩平を送り出した私は、身支度をして電車に乗った。今日は瑞希と一緒に渚さんの家に遊びに行くことになっていた。

久しぶりなので少し緊張して中に入ると、相変わらず綺麗《きれい》に整頓《せいとん》されたリビングがあった。

「私語厳禁」の規則に従って黙ったまま中に入った私たちは、オープンスペースに誰もいないことを確認すると顔を見合わせた。

「大丈夫そうだね」

「渚さんもいないよね。平日だもん。会社だろうし」

「社会人の夏休みっていつなの？」

「わかんないけど、まだでしょ。父親、今日も会社だもん」

私たちは喋《しゃべ》りながらクッションを並べ、奥のソファに腰掛けた。

「片付いてるねえ」

この家は、「家」というよりもいろんな人や風の通り道で、まるで公園の中のベンチみたいだった。

私たちはお茶をだして飲み始めた。中学の頃私が持ちこんだハーブティーの缶もまだおいてあって、前見たときより少し減っていた。渚さんか、オープンスペースに来た他の誰かが使ったのかもしれなかった。

「アリス、元気にしてた？」

覗きこむと、小学校のころ初めて会ったときとほとんど変わらない姿で、そこにアリスがいた。アリスは18歳になっていた。

アップルティーを飲みながら、瑞希がこちらを見た。

「どう、浩平さんとの暮らしは？」

「……うん」

「あれ、あんまり良くないの？」

「そんなことないよ。楽しいよ」

私は慌てて言った。

「いいな、恵奈は。ついにずっと欲しかったものが手に入ったんだもんね。ね、どうなの、子供の頃から憧《あこが》れてた『本当の恋』は。どんな感じ？」

「うーん、なかなか説明しにくいなあ、でもすっごく嬉しい。今、幸せの絶頂って感じ」

「そっかあ、そうだろうね。恵奈、ずっと言ってたもんね」

「そうだよ。私は、ずっとこの生活が欲しかったんだから。浩平もこんなに好きになった恋愛はないって言ってくれてるし」

「はいはい」

「何よ、瑞希が聞いたんだから、ちゃんと聞いてよ」

瑞希の肩を叩く真似《まね》をしながら、私は反対側の手でスカートの裾《すそ》を握り締めていた。

「本当の家」なんて、ほんとはどこにもないんじゃないだろうか？　家族になるというのは、皆で少しずつ、共有の嘘《うそ》をつくっていうことなんじゃないだろうか。家族という幻想に騙《だま》されたふりして、みんなで少しずつ嘘をつく。それがドアの中の真実だったんじゃないだろうか。

瑞希は中学のときよりますます短くなったショートヘアをかきあげながら、悪戯《いたずら》っぽく笑った。

「だって思った以上にのろけられちゃったからさー。恵奈、ほんとに幸せそう。彼氏がいる友達は沢山いるけど、恵奈は特別かな。本当に将来に繋《つな》がる恋をしてるって感じ」

「うんまあ、私はちゃんと考えて恋をしてるから」

将来に繋がる恋。本当にそれが「本当の恋」なのだろうか。一時的な発情のほうがずっと純粋で、生活を共にする二人にとって、「恋」は只の麻酔なのではないだろうか。

人生を手術するための麻酔。それにかかって足元がふわりとして痛みが麻痺《まひ》している間に、手術は終わってしまう。そして麻酔が切れてから違和感に気付くのだ。けれど手術を終えてしまったらもう後戻りはできない。恋愛結婚とはそういうものだったんじゃないだろうか。

私は温《ぬる》くなりかけたハーブティーを一気に飲み、早口で言った。

「他の人とは、準備期間が違うよ。私は、小さいころから『本当の恋』を探してたんだもん」

「そうだよね。恵奈って変な子だったけど、ちゃんと実現しちゃうからすごいよ」

「うん、ほんと、こんなにうまくいくとは思わなかった」

私は笑いながら椅子《いす》にもたれかかり、スカートを握りしめた手に力をこめた。脳裏に、母の萎《しぼ》んでよじれた背中が浮かぶ。

私も「失敗者」になるのだろうか。

それだけは嫌だった。この不安感が浩平のせいであるなら、早く見切りをつけて取り替えたい。もはや私がしているのは恋でもなんでもなくなっていた。恋人というのは家族をつくるための部品に過ぎなかった。

「本当の家」にただ向かってひたすら進み続け、私のブレーキは壊れていた。もう自分では止まることができない。進むしかないのだ。

私はぼんやりとしながら窓に近づいてガラス戸を開いた。レースのカーテンが風にゆれ、私はニナオの感触を思い出した。

あと三時間ほどしたら浩平の待つ「家」に帰らなくてはならない。「本当の家」は魔法みたいにポンと現れるわけじゃなくて、そこからもっともっと頑張らなくてはいけないもののようだった。

夏休みが終わって本当に暮らし始めたとして、その相手が浩平だろうがそうでなかろうが、その相手と何年も何十年も努力して作っていかなくてはならないのだろう。私は「成功」できるだろうか？「失敗」しないだろうか？ そもそも「本当の家」とは何なのか、そんなものが本当にあるのだろうか？ いびつな家で苦しみながら頑張り続けるということが「家族」ということなのだろうか？

あんなに焦がれていたドアの向こうが真っ暗な落とし穴だったようで、背骨がきしんだ。

レースのカーテンが私の足首を撫でた。そのまま足首を摑《つか》まれてどこかに引きずり込まれる気がして、私は反射的に飛びのいた。

「どうしたの？」

驚いた様子で瑞希が聞く。

「……別に。ちょっと、虫がいて、びっくりしちゃった。私、何か眠くなってきちゃったかも」

私は掠《かす》れた声で言うとそのままカーテンの前にしゃがみこみ、床に敷かれたラグの上に寝そべった。

「人の家でお行儀悪いなあ」

「考え事してるの。私は考え事するときこの姿勢になりたいの」

「人の家でやらないでよ」

「オープンスペースだもん。何したっていいじゃん」

「誰かきたらどうすんのよ」

「うん……」

力なく返事をして、私はレース越しの空を見た。まっすぐな飛行機雲があって、それは道のようだった。

「本当の家」は私の背骨だった。そこへ向かってひたすら進み続けるということだけが、私をなんとか真《ま》っ直《す》ぐ立たせていた。足を止めた瞬間、私は崩れ落ちてしまうだろう。

瑞希が紅茶を置いて、大きく伸びをした。

「あーあ、なんだか私まで眠くなってきちゃった。このまま今日、ここに泊めてもらおうっと」

「え、親は？」

「渚さんの家って言ったら大丈夫。渚さんに電話出てもらえばいいし。今日は渚さんの作ったポテトサラダ食べようっと」

「いいなあ」

思わず言うと、瑞希がにやりと笑った。

「だったらさ、恵奈もおいでよ。夜だって抜け出せるでしょ？　浩平さんが寝てから出ておいでよ」

「無理だよ、そんなの」

「じゃあ、今日は実家に帰るとか嘘つけばいいじゃん。お父さんが帰ってくるとか何とか、適当なこと言ってさ」

あの家の窓から見える砂漠のような淡い茶色。そこに一人で必死に砂の家を建てようとしている自分がいるような気がして、なんだか今夜はあの部屋で眠りたくないと思った。

「そうしようかなあ」

私はぼんやり呟いた。テーブルの上では18歳のアリスがまるで空を飛ぶように、透明のガラス瓶の裏側をその細い六本の足でまっすぐ上へ向かって一直線に駆け上がって行った。

私は買い物袋をかかえ、浩平の待つ家へと急いでいた。

渚さんの家で長居しすぎたのだ。できればご飯をつくって浩平を迎えたかった。家につき、急いで部屋に入り食事の準備を始めた。なんとか豚キムチを炒め終えたところでドアの開く音がした。

「ただいまあ」

「おかえり浩平」

今日は玄関先まで出る余裕はなくて、私はフライパンを持ったまま声をかけた。部屋に入ってきた浩平が私に抱きついた。

「危ないよ」

「なに？　今日は豚キムチ？　あー、腹減った」

それは私がドラマや映画で見て夢見ていたシーンそのものだった。私たちは共有の夢のシーンを、少しだけ嘘をつきながら一緒に演じるのだ。目の前の「幸福な家」という台本に、私たちは逆らわない。相手に見切りをつける瞬間まで、その台本を読み上げ続ける。

浩平の舌が這《は》っていた口の中が、彼の泡立った唾液《だえき》にまみれていた。唇をぬぐい、手の甲をシーツにこすりつけながら、私は立ち上がった。

「いつまでもこうしてたいけど。ご飯冷めちゃうよ」

「わかったわかった。あ、俺、先にシャワーあびていい？」

「冷めるっていってるのに」

私が笑うと、「ごめんごめん」と浩平が私の頭を撫でた。

その様子は本当に幸福そうだった。浩平の麻酔はいつ醒《さ》めるのだろう。恋愛の麻酔が醒めても、この「家」の中で彼はいつまでも熱に浮かされ続けることができるのだろうか。それとも私のように、日常を手術してしまった違和感に苦しむのだろうか。

呑気に靴下を脱いでいる浩平を見ていると、可哀想《かわいそう》なような、早く麻酔が切れてしまえというような、複雑な気持ちになる。

「あ、そうだ、こんどエプロン買ってあげるよ」

「え？」

「ないと不便だろ？　俺、真っ白いやつがいいなあ。きっと恵奈に似合うだろうなあ」

「いらない」

反射的に低い声を投げつけてしまい、目を丸くしてこちらを見た浩平に慌てて言った。

「白は汚れちゃうから。もったいないよ」

「そっかあ。恵奈って堅実だよなあ。そういうところが奥さんに向いてるとこだけど」

浩平の麻酔が切れるとき、私たちは終わるのかもしれない。それがそんなに遠くないことである気がしながら、熱に浮かされた浩平を見上げた。浩平の目玉は奇妙に乾いていて、私はじっとその目を見つめたが、嬉しそうに目を細めて私の髪を触り続ける浩平と視線はうまく絡まらなかった。

その夜、浩平には今夜は実家に顔を出すと嘘をついて家を出た。

終電に乗って渚さんの家へと向かう。

夜の住宅街は静まり返っていて、私は足を速めた。

念のため入る前にチャイムを押すと、中から濡れた髪の瑞希が顔を出した。

オープンスペースの私語厳禁のルールは夜も続いていた。中に渚さんの姿がないのを確認して、私は瑞希に耳打ちした。

「渚さんは？」

「今、お風呂」

言い終えたころ、ガウンに身を包んだ渚さんが風呂場から出てきた。

渚さんは微笑んで私を手招いた。その様子は、道端で出会ったかのようだった。渚さんはまるで森の中で生活しているみたいに、目の前を別の動物が横切っても気にすることなく自分のしたいことを続けている。私たちが部屋をうろうろしていても、子リスでも見かけたようなそぶりで少しだけ視線をよこし、すぐに自分の世界に戻ってしまう。

窓はあいていて、生温い空気が入り込む。外と家の中の境界線はあいまいで、自然界にできた闇《やみ》の中でランプを点《とも》して寄り添っているような感覚があった。

化粧水をはたいていた瑞希が振り向いた。お風呂を指差している。

もうお風呂は入ってきた、ということをどう伝えようか悩んでいると、渚さんが吹き出した。

「今日は三人しかいないし、オープンスペースのルールは、無しにしましょう」

「いいんですか？」

「私も今日は下で寝るわ。いつもは上で一人で眠ってるんだけれど、三人で眠るのも楽しそうだから」

「やったあ」

瑞希は嬉しそうに言った。

「そうそう恵奈、お風呂あいたよ、入る？」

「私は、浩平の家で軽く浴びてきたから」

「そっか。そういえば少し髪が濡れてる」

テーブルの向こうの渚さんの髪から、滴《しずく》が一滴、垂れた。それは雨滴か樹《き》から落ちる朝露のようだった。

「ご飯、一応残しておいたよ」

「ありがと。でも、明日の朝でも大丈夫かな」

「それはいいけど。食べてきたの？」

「抜いてきたんだけど。なんか食欲なくって」

「だめだなあ、力でないよ、ちゃんと食べないと」

瑞希のお説教に曖昧《あいまい》に笑って返し、私は「顔洗っていい？」と洗面所を借りた。置いてあった洗顔料を借りて顔に軽く塗っていたファンデーションを落とすと、

「それも使っていいよ」と瑞希が化粧水を指し示してくれた。

「ありがと」

「なんか、修学旅行みたい」

瑞希の無邪気な発言に、渚さんは微笑むだけだった。

「そろそろ寝よっか」

部屋にはもう私の分の布団《ふとん》まで敷いてあった。渚さんはソファベッドの背を倒してベッドにし、タオルケットをかけながら横たわった。

「電気消すよ」

瑞希の声がして、部屋が暗くなった。瑞希が横たわる僅《わず》かな軋みが聞こえた。

渚さんの家は相変わらず「家」の匂いがしない。代わりに外の緑の匂いが流れ込んでくる。窓際《まどぎわ》に寝そべっていた私が生温い風が染《し》み込んでくる網戸に顔を近づけると、微かに土の匂いもした。

屋根はあって、壁にだって囲まれているのに、野宿をしているような感じだ。

私はなぜか濃すぎる夜の匂いに息が苦しくなって、「アリスは？」と小さな声で言って部屋を見回した。

「そっちよ」

渚さんの柳の枝のように細く白いのっぺりとした腕と指が、テーブルの上を示した。

そこにはアリスの入ったガラス瓶があった。その中を六年前初めて出会ったときと変わらない姿のアリスが動き回っている。部屋の中央でアリスという小さな命の火が灯《とも》っているかのようだった。

暗い部屋の中で虫の声と瑞希の声が重なる。

「でも、よく彼氏の家に泊まったりできるよね」

「え？」

意味ではなく人間の鳴き声としてのその音に気をとられてしまった私は、思わず聞き返した。

「だから、よく泊まりなんてできるねって。あたし、ベタベタされるのって大嫌いだから、考えられないな。一晩中、男と一緒に眠るなんて」

「うーん……」

私は言葉を濁した。浩平とのセックスはどちらかといえば好きな方だったが、一緒に暮らすようになり、生活の中にセックスが転がっているようになると、またちょっと違う。会おうとして会うのではなく毎日一緒に過ごしているわけだから、疲れているときや気が向かないときはもちろんある。性的ではないつもりで寄り添ってテレビを見ていただけなのに、急に手つきが愛撫《あいぶ》に変わるときには、かすかな違和感がある。拒否するほどでもないほんの少しの生理的な不快感。自分がそれをゆっくりと降り積もらせている気がして、少し怖かった。

「瑞希は、彼氏とか、つくらないの？」

「それより前に、自立したいかな。あたし、ずっと親に甘やかされてる自分が嫌いだったから。もしいつか結婚するとしても、ちゃんと仕事して、自分の食べる分は自分で稼ぎたい。だから今は勉強のほうが大事。ちゃんと就職して家を出るのがあたしの目標だから」

「そうなんだ」

初めて聞く瑞希の目標に私は驚いた。瑞希の話を聞くと、ひたすら本能にまかせて「帰るドア」を探している自分がひどく子供に思えてくる。迷子になったまま未《いま》だに彷徨《さまよ》い続けているみたいだ。

「……瑞希って、ちゃんと考えてるんだね。私は、衝動だけでここまできちゃった」

「衝動があるのが、あたしにはうらやましいよ。だってそれが一番、純粋だもん。恵奈はそれでいいんだよ」

瑞希の声は優しかったが、自分の人生をちゃんとコントロールしようとしている瑞希に比べると自分はあまりに幼稚な気がした。

瑞希から吐き出される微かな風の音に耳を傾けながら、私は目を閉じた。

部屋の中では、私たち三人の呼吸の音が溶け合って、部屋の空気がゆっくり波立っているような気がする。その穏やかな波の中で、私はいつのまにか眠っていた。眠りの向こうで二人の気配の波の音がいつまでも聞こえていた。

目が覚めると、会社へ行ったのか渚さんはもういなかった。着替えて布団を片付けだらだらとお喋りをしていると、ドアの音がした。私と瑞希は顔を見合わせて口をつぐんだ。

入ってきたのは大学生風の女の子二人だった。朝早くからいる私たちに一瞬驚いた様子だったが、だまって椅子に腰掛けて、テーブルにノートを広げた。

私も瑞希も、オープンスペースの空間にだいぶ慣れてきていた。喋らずに、昨日渚さんが買っておいてくれたパン屋の紙袋をあける。中からそれぞれ一つずつ好きなパンを取り、ソファに戻って食べ始めた。

言葉を交わさないでいるとなんだか五感が鋭くなるような気がする。パンに乗ったベーコンの香ばしい匂いも、瑞希が持ってきてくれた紅茶の湯気から伝わる熱や湿度も、いつもより強く感じられた。

ノートの紙と指がこすれる音、微かな呼吸の音、床のきしみ。それぞれの、動物としての気配だけが部屋を行き交っている。

なんだか眠くなってきて、私はソファによりかかって軽く目を閉じた。目を閉じても皆の出す微かな気配が皮膚に伝わってくる。一階に人の気配を感じながら二階で暮らす渚さんの気持ちが、少しだけわかるような気がした。


急いでドアをあけると、「遅かったね、恵奈」と浩平が出迎えてくれた。

「実家の居心地がよくなっちゃって、もう帰ってこないのかと思った」

「まさか。浩平がいてくれる家のほうがいいにきまってるじゃん」

私は手の甲で脂汗を拭いながら微笑んで中に入った。

「なら、よかった」

黄ばんだ歯を見せて浩平が笑った。

「せっかくの土曜だし。天気もいいから、一緒に洗濯でもしようと思って待ってたんだよ」

「洗濯？　そう。そうだよね。いいね、それ」

本当は、昨日の昼間にやったばかりなので、バスタオルと靴下くらいしか洗濯物はなかった。けれど私は必死に頷いた。

「せっかくだから、これも洗おうか」

浩平はベッドのシーツをとり、ふざけて私の肩にかけた。

「花嫁さんみたいだよ、恵奈」

「ははは」

私はなんとか笑っているように聞こえる音を喉《のど》を震わせて出しながら、シーツを握り締めていた。

「あー、ほんと、こういうのって幸せ」

浩平の顔が近づいてきた。湿った呼吸が顔にかかる。

舌と舌をぬるりとこすりあわせながら、自分は今どこにいるのだろう、と考えていた。肩から垂れ下がった白いシーツを必死に掴みながら、自分が透明になっていく気がした。

浩平の口の中にある生温い舌をしゃぶりながら、ふと、なめくじの尻《しり》を舐《な》めているような気分になって反射的に顔を離した。

「どうしたの？」

「あ、ううん、シーツ洗うなら急がないと。午後になるとあんまり日が当たらなくなっちゃう。乾かなかったら夜、困るでしょ」

私は早口で言った。

浩平は私の声が聞こえないのか、ゆっくりと私の下腹に顔をうずめた。

「……こうしていると、本当に安心するよ、恵奈」

シフォン素材の透ける花柄のワンピースが、風になびいて浩平の肌を撫でる。

「恵奈」

「なあに？」

「恵奈、恵奈」

「どうしたの、浩平？」

「呼んだだけだよ、はは。名前を呼び合うって、いいなあ。な、恵奈」

「……浩平」

「恵奈、恵奈、恵奈……」

「浩平、浩平……」

「……ずっと一緒だよ、恵奈……」


……こんな風景を、私はどこかで見た。

ぼんやりとそう考えていた。

そのとき窓から風が吹き込んできて、私のシフォンのワンピースが膨れあがった。

布地が風になびいて、浩平の体を撫でていく。

光が透ける布が、浩平の頭、頬、耳たぶの端、背中、ひじ、浩平の全《すべ》てを受け止めるように撫《な》でていく。

浩平は全身を私に預けていた。

浩平はうっとりと私に寄りかかる。目を閉じた浩平は、彼の理想の家族に全身を愛撫されている。私は彼の脳の中に引きずり込まれる。浩平の理想世界に従って私は彼を撫で続ける。浩平の理想世界の奴隷《どれい》になって、私は彼の脳の中でゆっくりと窒息していく。

気がつくと、私はニナオになっていた。

浩平は唾液が流れ出しそうなほど恍惚《こうこつ》として目を閉じている。その弛緩《しかん》した顔は、私だった。カゾクヨナニーをしている私、そのものだった。

「……うあああああああ！」

気がつくと、私は叫びながら浩平を突き飛ばしていた。

「どうしたんだよ、恵奈？」

私はシーツを投げ出して、部屋の端に逃げていた。

この人、私でカゾクヨナニーをしている！

私は青ざめて浩平を見た。

ニナオ、私の風に揺れる姿が瞼《まぶた》にうかぶ。

ニナオ、私のカゾクヨナニーにさんざん付き合わされた、可哀想なニナオ。私はニナオを使って、心の中の「本当のドア」の向こう側にある理想の家族を、何度も愛撫した。セイヨナニーをする人たちと同じように蹲《うずくま》り、勃起《ぼっき》したペニスを擦《こす》るように脳の中の理想を摩擦し続けた。何度も何度も繰り返してきた。

まるで罰をうけるように今、自分がそうされていた。

浩平は彼の脳の中に引きずり込んだ私を気持ち良さそうにしごきながら、幸福そうに笑っている。

「どうした？　虫でもいた？　ほんとに恵奈は怖がりだなあ」

私の頭を撫でようと手を伸ばしながら浩平が近づいてきた。

「恵奈は俺がいないとだめだなあ。そういうところが本当に可愛《かわい》いよ。なあなあ、結婚したらさ、すぐ子供つくろう。俺達にそっくりな子」

浩平の言葉が蛇の舌のように私の身体を摑み、内臓を舐め、息を止めていく。

「早く親父《おやじ》とお袋に恵奈のこと、紹介したいな。喜ぶだろうなあ。俺、一人っ子だからさ、いつか孫の顔が見たいって昔から言ってたからさあ……」

私は声にならない悲鳴を撒《ま》き散らしながら、のびてくる浩平の手を激しく撥《は》ね除《の》けた。

私はワンピースをたくし上げ、裸足《はだし》の踵《かかと》で浩平の腹を蹴《け》り飛ばした。

「恵奈!? 恵奈、どうしたんだよ!? おい!!」

私はそのまま玄関へ走りドアをあけ、サンダルをつっかけて外へ飛び出した。


走りながら、頭の中に汗ばんだ母の横たわる姿がぼんやりうかんでいた。

失敗者。私は母を見下ろしながらそう思っていた。

額をぬぐうと、そこは汗でねばついていた。誰かが私を見下ろして「失敗者」だと笑っているようで、思わず空を見上げた。そこには一つも雲がなく、不気味なほど鮮やかな水色が、ただ広がっていた。

(……姉貴は失敗するよ)

弟の声が、耳に蘇《よみがえ》った。

(俺たちはこれから、どこに行ったって、「家族」に失敗するんだ)

私はいつのまにか、水色を見たまま立ち尽くしていた。

目の前の大きな水色は、夜の街灯に照らされたスクリーンのようなニナオの姿によく似ていた。

私はあの部屋でニナオに包まれてニナオを見上げ、いつまでもそこに映らない映画を見ていた。それが、私の家族だった。

私はまっさらなスクリーンに指を伸ばした。どこまでも続く平坦《へいたん》な水色の下で、私の尖《とが》った爪《つめ》の奥の肉色が奇妙に鮮明に視界に刺さった。


ふらふらとたどりついたのは、渚さんの家だった。

灰色のドアを合鍵《あいかぎ》であけ、中に入った。渚さんはまだ会社なのだろう、そこには誰もいなかった。

私は玄関先にサンダルを脱ぎ捨て、部屋の中へと進んだ。自分の呼吸の音が耳の中で響いていた。

日差しを吸って熱をもった浩平の部屋のドアノブの感触が、まだこの手に残っている気がする。

私は、あのドアの内側に何があると思っていたのだろうか。

一緒に工夫して暮らしていくことだと、伯母は言った。けれどそこにあるのはカゾクヨナニーだった。ドアの中にはヒトがヒトでカゾクヨナニーする姿があった。

家族というシステムは、カゾクヨナニーシステムだったのだろうか。その中で皆、狂ったようにカゾクヨナニーを続け、ヒトをバイブにして自慰をくりかえす。

私は脳にしがみついてくるいくつもの問いかけを撥ね除けるように、さらに激しく部屋の中を歩き回った。

工夫、工夫、工夫だ、と私は小さく呟《つぶや》いた。いつか瑞希に言った言葉を思い出しながら、途切れ途切れに口にした。「私……いつも工夫してるの……お腹《なか》が減ったときも……眠いけど寝ちゃいけないときも……何か足りないものがあるときは……必ず工夫しているの……必ず……」掠れた声が部屋の空気を震わせている。そうだ、私はいつだってそうやってきた、そうやって生き抜いてきたんだ。

家族というシステムの中で私が失敗者だとして、私はそこであきらめることなどできない。そのシステムがだめなら、他のシステムを試したっていい。

私は誰もいない部屋の中をぐるぐると歩き回り続けた。足がもつれテーブルにぶつかり、その拍子に、テーブルの上のガラスの瓶が反射した。

私ははっとその光に目をやった。

……そこにはアリスがいた。

アリスだけが、初めて出会った小学生のころと何も変わらない姿で蠢《うごめ》いていた。

私は光に手を伸ばした。アリスの入った瓶を持ち上げて、中を見つめる。そこではアリスが真っ白な世界の中で触覚を動かしていた。瓶の中で、アリスは真っ白な世界を食べ続けている。

冷たい感触を手のひらに感じながら、私は「工夫」と小さく呟いた。

私はアリスの瓶を抱いたまま渚さんの家のカーテンに包まれた。

腕の中ではアリスが、永遠に続く白い世界を真っ直ぐに進み続けていた。


ドアの音が響いて、渚さんが帰ってきたのがわかった。ごそりと動くと、渚さんが声をあげた。

「誰かいるの!?」

スイッチの音がして、部屋が明るくなった。白いワンピースを着た渚さんが、瞬き《まばた》しながらこちらを見ている。

「恵奈ちゃん？　びっくりしたわ。電気もつけないでどうしたの？」

「ただいまですよ、渚さん」

私はカーテンの陰で呟いた。

「え？　ああ、そうね。ただいま」

「そうですよ。だって私たち、帰っていくんですもん」

渚さんは私に近づき、鞄《かばん》をおろしながらテーブルの椅子に腰掛けた。

「渚さん。渚さんは、一人で生きていくって高校生のころから決めてましたね。それって何でですか？」

渚さんは一瞬息を止めたが、やがて真っ直ぐこちらを見た。

「……そうね。私、性が苦手なの。結婚って、セックスがつきものでしょ。それが一番の理由よ」

「なんだ。それなら、セックスのない家族だったら作れるじゃないですか。既成概念にとらわれさえしなければ、いくらだって作れますよ」

「それでも、作る気はないわ」

「どうしてですか？」

「あんまり、人間が好きではないの。誰かと一緒に暮らしていこうとは思わない」

私はカーテンの陰から姿を現した。

「それじゃ、私と一緒に帰りませんか？」

「帰る？」

「家族というシステムが生まれる前の世界ですよ。人間が人間になる前の、生命体だったころに。不思議の国にいるのは、アリスじゃなくて私達だって思いませんか？」

渚さんは少しだけ息を呑《の》み、それから笑い声をゆっくり押し出した。

「タイムマシンにでも乗るつもり？」

「そんな必要はありませんよ。私たち、そんなものに乗らなくても、いつでも帰ろうと思えばそこに帰れる。そうは思いませんか？」

「よくわからないわ」

「渚さん。ここで私と暮らしませんか？」

「……ごめんなさい、いくら部屋をつかってくれてもいいけど、それは、誰とも特別な関係になりたくないからなの」

「だから、家族や人間という言葉が生まれる前の生命体として、ここで暮らしませんか？」

「……」

わけがわからないといった顔で、渚さんは私を見た。

「人間だとか家族だとかいう言葉って、ずっと後から生まれたものでしょ。私たち、それ以前の世界に帰るんです。もちろん、部屋の外では食べていくために人間でいなければいけないけど」

「……恵奈ちゃん」

渚さんは囁《ささや》くように言った。

「そんなこと、できないと思うわ」

「やってみなければわからないです。私、工夫しないで苦しむのは嫌いなんです」

ガラス瓶の銀色の蓋《ふた》をあけ、私はアリスの黒い身体《からだ》を人差し指と親指でつまんだ。泳ぐように手足をばたつかせるアリスが私の指先をくすぐる。

「綺麗《きれい》ですね。真っ黒な生命体」

こうして手にとると、アリスは本当に奇妙な存在だった。

小さな黒い粒が三つ連なって、糸より細い手足が生えている。糸と粒は私の指先に挟まれて激しく暴れている。

とても小さなこの粒が、「生きている」と知らせてくる。命はどこに宿っているのかわからないが、とにかくこの黒い粒は生きていて、それと向き合う白い皮膚に覆《おお》われた私とまったく対等な存在なのだ。

「この胡麻《ごま》みたいな黒い粒が、生命体なんですよ。不思議でしょう？」

私は指先に力をこめてゆく。

黒い粒がますます激しく軋《きし》む。命が宿った物質である私とアリスは対等に向き合い、動き、呼吸をし、手足を動かす。

やがて、その黒い生命は破裂した。

「恵奈ちゃ……」

渚さんの声は甲高くよじれても綺麗だなあ、と思いながら、私は指先をこすりあわせる。

さっきまでいたアリスが、世界に溶けて見えなくなっていく。毛糸のようによじれたアリスはどんどん細かくなって消えていき、指先にすこしだけ黒い跡がのこったほかはどこにも見えなくなってしまった。

「なくなっちゃいましたね。早く、取り替えないといいいいい」

途切れたアリスの命を目を細めて見つめながら、私はそっと囁いた。

「渚さん。私たちは、渚さんのアリスなんでしょう？」

「……」

「私たち、こうして渚さんに取り替えられていくんですね。永遠に」

「……」

渚さんは何も言わなかった。ただ、暖かいやさしい風が、渚さんの顔にあいた薄暗い隙間《すきま》からそっと押し出されていた。

「これが正常な世界だと思いませんか？　ね、渚さん。私たち、ずっと不思議の国に迷い込んでいたんですよ。可笑《おか》しいですね。ぜんぜん、気づかなかった」

笑い声をあげながら、私はアリスが入っていた瓶をそっと撫でた。

「私たち、ここに帰らないと。そうでしょう？」

渚さんが静かに口を開いた。

「……明日には……明日には、アリスを取り替えに行かないとね」

私から瓶を受け取り、テーブルの上に誰もいなくなった白い世界を置いた。その命を操る白い指が茶色いテーブルの上を静かに滑った。

「渚さん……」

私は白いワンピースに包まれた、渚さんの紙粘土のような皮膚を見つめた。

「私、やっと、帰って来れたんですね。よかったあ……」

「……恵奈ちゃん……」

渚さんは一瞬俯《うつむ》くと、こちらへ近づいてきて私の髪の毛をゆっくりと撫でた。それはカゾクヨナニーともちろん愛撫とも違う、草と草が風で絡《から》み合うような感触だった。渚さんの目は濡《ぬ》れていた。綺麗な人から染み出す水は綺麗だなあ、と私はうっとりとその水を見つめながらゆらゆらゆらと身体を揺らした。

その時、私は確かに、何かのトビラを開いていた。私は自分でも気付かないうちに、あの四文字の言葉を呟いていたようだった。

『**おかえり、恵奈**』

渚さんでも浩平でもない、懐《なつ》かしい声がドアの奥で響く。私はその声に導かれるように、微笑《ほほえ》みながら、そのトビラの中へと踏み出した。

私は家に帰り、閉鎖された水槽のようなその長方形のドアをあけた。

「在原芳子さん」

私が呼びかけると、母はびっくりしたようだった。

「どうしたの、恵奈」

「もういいよ。私、全部やめることにしたんだ。芳子さんもずっと大変だったでしょう。でも、もう大丈夫なんだよ。私たち、ちゃんと帰っていくトビラを見つけたんだから」

「恵奈……？」

「『家族』っていうシステムそのものに、不備があったんだ。私たち、もっと賢くならないと。ね、そうでしょ」

母は呆然《ぼうぜん》と私を見つめていた。

「もうやめるんだよ。不備のあるシステムは。この制度が生まれる前の世界に、皆で帰ればいい。やりたい人だけやればいい。そうでない人類は、皆、帰っていけばいいんだよ」

「あんた……何言ってんの」

不思議と、私は目の前の女性を見ても何の感情もわかなかった。ということは今まででは何らかの感情をもっていたということなのだろう。今まで自分も血に支配されていたということだ。

そう思うと笑えた。けれど私たちはもう解放されるのだ。

「私たちが失敗者なわけじゃない。このシステムそのものが失敗作だったんだよ」

私は母に優しく言いさとした。

「うるさいな。姉貴？」

弟が階段を降りてきた。

「在原啓太。あんたもだよ。苦しんでいる人間は皆、帰っていけばいいんだよ。私ね、貴方《あなた》たちにそれを教えてあげに来たんだ」

私は彼を安心させようと微笑んでみせた。彼は、まるで「失敗者」を見るような目で私を凝視した。

愛人の家にいることが多かった父が、夜、緊急に呼び戻された。母と、父と、弟は滑稽《こっけい》なほど強張《こわば》った顔面をこちらへ向けていた。

私は何度も説明した。

「だからね、皆、もういいんだよ。私たちは帰るの。家族という出来損ないのシステムが生まれる前の世界に、皆で帰っていくんだよ」

言葉は紡《つむ》げば紡ぐほど空間に溶けていき、どんどん世界が正常化されていくようで、私は穏やかな気持ちだった。

「恵奈、とにかくすぐ家に帰ってきなさい」

父が厳しい声で言った。

「大体、高校生を外に泊めるなんて、何を考えてるんだ！　お前がそうだから、こんなことになったんだろうが！」

父が怒鳴ると母は一瞬怖気《おじけ》付き、それから破裂するように叫んだ。

「私だって……私だって、こんな風になりたかったわけじゃないのよ！　私だってちゃんとやりたかった。あの人が……」

母は髪をかきむしりながら、唾液を飛ばして叫び続けた。

「あの人が……！　私はずっと……死ぬま……最後まで……の人……憎……ずっと……！」

甲高い叫びは鳥の鳴き声のようになって途切れ、何を言っているのかよくわからなかった。

なるほど、祖母が「出来損ない」と言ったのもわかる、とても下手な鳴き声だ。そもそも「死」という言葉を使うこと自体、まるでわかっていない。それは「取り替えられる」というだけのことなのに。

母の異常な剣幕に怖気付いたように、父はさらに怒鳴ろうと開けていた口を閉じた。

やがてこちらを見回しながら言った。

「……まあ、今までのことはいい。そうだ、今までがおかしかったんだ。これからは、ずっと四人で過ごそう。な？　恵奈、啓太、それでいいだろう」

弟がさっと俯き、目玉が潰《つぶ》れそうなほど強く目をこすった。その手首を伝って滴が流れ落ちる。

一緒に笑おうとして母を見ると、驚くべきことにそちらも涙を流していた。

「こんなふうになったのは……私の、私の、せいだ……」

「もういい、もういい。過去は捨てるんだ。四人でやりなおそう」

その言葉に、弟が真っ赤な目をして頷《うなず》いた。

滑稽なことに、三人は私の目の前でカゾクヨナニーを始めたのだった。それも随分と壮大なやつを。私は思わず吹き出してしまった。

「ははは、皆、あったま悪いなあ。なんでわかんないんだろ」

私の声は、昔よく母が出していた音とよく似ていた。私たちは動物で、これは言語である以前に動物の鳴き声なのだから、当然かもしれない。

私の鳴き声はきっと原始の世界でヒトの鳴き声がそうだったように、世界を震わせながら溶けていった。


翌日階段を降りると、ダイニングの方から卵が焼ける匂《にお》いがした。

階段の音を聞きつけた母が、急いでダイニングのドアをあけこちらへ駆け寄ってきた。大きな声を出す癖は治らないまま、薄気味悪いくらい優しい口調で私に話しかけた。

「恵奈。よかったわあ！　なかなか降りてこないから、すごく心配してたのよ。私、今起こしにいこうかと思ってたの」

「そう」

「恵奈、昨日は疲れてたのね。眠るのは良いことよね。さ、もうお昼ご飯の時間よ。ほら、おなか減ったでしょう？」

「うん」

「早く入って。もう皆、揃《そろ》ってるわよ」

母の黄ばんだTシャツから伸びた毛だらけの腕に肩を抱かれてダイニングに入ると、父も弟も食卓に座っていた。

「恵奈も早く座って」

歯茎をむき出しにして笑いながら母が言う。

三人揃っての壮大なカゾクヨナニーはまだ続いているようだった。巻き込まれた私は仕方なく腰掛けながら、こういうのも4Pというのだろうか、などと考えていた。

「恵奈、おはよう。ずいぶんぐっすり眠っていたみたいだな。いや、いいんだ、今は夏休みだからな」

父が言う。

「うん」

「ほら、早く座りなさい」

母はにっこりと笑って、私にコーンスープを運んできた。太い親指の先がコーンスープに浸《つ》かっている。それにも気がつかないほど舞い上がった様子で、母はいかにも優しい母親らしく小首をかしげてみせた。

「そうよ。冷めないうちにね。ふふふ」

いつもより口をすぼめ、かわりに唾液を飛ばしながら笑った母は、指入りのコーンスープを父と弟の前にも並べた。

並べ終えると、母は私の両肩に手を乗せてやけに生き生きとしながら囁いた。

「デザートもあるわよ。手作りのプリンなの」

「そう」

私は短く答えた。

弟は黙って席に座っている。この異常な状況が壊れないようにそっと振舞っているようにも見えた。

家族というのは、脳でできた精神的建築物なのだな、とつくづく思った。

私はさっきまでいた原始の世界から、急にそこに湧《わ》き上がった透明の建築物の中でオムライスを食べていた。

見回すと、父も弟も母も微笑んでいる。私は生まれたばかりの子供のように、そっと扱われていた。

私が「病気」になったことでカゾクヨナニーの絶好の「おかず」ができたとでもいうように、激しいAVを手に入れた男子中学生みたいに皆、一斉にカゾクヨナニーをはじめたのだ。

全員、頭の中の理想世界に没頭し、勃起した脳の中の「カゾク」をひたすら摩擦している。

一番幸福そうなのは弟だった。きっと、ずっとこんなカゾクヨナニーがしたかったのだろう。小さい子供みたいに、大人しくオムライスとコーンスープを丁寧に味わっている。

「恵奈、サラダもいるでしょ？」

母がシーザーサラダをとりわけてくれる。

母は恍惚としていた。私には、母が昔自分がされたかったことを私にしているのだ、ということがわかっていた。本当はずっと、母がこうされたかったのだ。理想の母親像と一体になれることには、セックスをしているような快感があるのかもしれなかった。母は私を見ているようで、実際には全身で、理想の母と一体化した自分の快楽の中に溺《おぼ》れていた。

父は少し居心地悪そうに、しかしどこか照れくさそうに、その光景を見ていた。二人のオナニーを見て興奮して自慰をしているような感じだった。

私は三者三様のカゾクヨナニーを見つめながら、コーンスープとコーン入りのケチャップライスが入ったオムライスを食べた。

「なんだか、コーンばっかりになっちゃったわね。サラダにも入れちゃった、特売で大きい缶を二つも買っちゃったから、あははははは」

大声で笑う癖は治らないまま饒舌《じょうぜつ》に喋《しゃべ》り続ける母の言葉に、父が「はは」と小さく笑った。この光景を壊さないよう、そっとスープを飲んでいた弟も、少しだけ歯を見せて微笑んだ。

私はこの人たちの頭は大丈夫だろうか、と思いながら、コーンスープの上に張ったどろりとした膜をスプーンでつついて穴をあけた。


奇妙な昼食会を終えた私が家を出ようとしていると、母が声をかけてきた。

「恵奈、出掛けるの？」

「友達んとこ」

「そう。いいけれど、早く帰ってくるのよ。今日は絶対ね。そうそう、夏とはいえ夜は冷えるんだから、これ持っていきなさい」

母は私に薄手のパーカーを渡しながら言った。

パーカーを受け取りながら、母は自分の母親にこんな風に言われたかったんだなあ、と少し同情した。母は、私をインナーチャイルドがわりにすることでやっとその療法に成功したようだった。

「うん、わかった。夜になったら着るから。じゃ、行ってきます」

私は母の療法の手伝いをしてやろうと素直に頷き、家を出た。

「行ってらっしゃい」

母が、母の中の子供時代の自分に向けて優しく呟く声が、背中にざわりと触れた。

私は急ぎ足で駅に向かった。

私が進んでいく場所は、ただ一つだった。


私はうっすらと暗いオープンスペースの中へ潜り込んだ。ここから先は言語のない世界だ。私の喉は音を出すことをやめ、空気を出し入れする筒になった。

中にはＯＬ風の女の人がお茶を飲んでいて、奥では大学生風の女の子が眠っている。

二人の肌は露出している。動物にしては毛の少ない皮膚だ。頭にだけごっそりと毛が生えている。

私は二人の間を通って、奥の窓のそばの床に座った。

外から風が吹き込んで私のTシャツの中の肌をくすぐっていく。

私はオープンスペースに白い指が現れたのに気付き、その指の持ち主を中央の椅子《いす》に導いた。指の持ち主は音を立てずにそこへ腰掛けた。

白い指は、風になびくようにアリスのそばでひらひらと揺れていた。その指の持ち主は、もはや生物ではなく、命を取り替えていく大きな力そのものへと、姿を変えていた。

その指の先にいる存在が、ここで言語を禁じたわけが私には理解できる。ヒトである以前の柔らかい命の袋になるために、その存在は私たちから言語を排除したのだ。

ここは小さな洞窟《どうくつ》のような場所で、自分はその穴の中に入り込んで暮らしているだけの動物なのだということを、この空間は思い出させてくれる。

私は、自分がその白い指のアリスになっているのを感じていた。いや、ずっと前から、私たちはアリスだったのかもしれない。取り替えられながら続いていく命の粒。私たちが、それ以外の何だというのだろう。

私は永遠の命を授けられ、白い指の与えてくれた洞窟の中で風に吹かれてうとうと眠りかけていた。

どれが大学生で、どれがＯＬなのか、そのほかもいるのか、よくわからなくなっていた。わかるのは、全てつながっていて、私たちは同じ地球に繁殖する微生物だということだった。私たち皆が、家族だった。本能にまかせて、命を増やすという目的で、ただ、つながっていた。

この世界の全ての生物のそばに、彼女の白い指があるのを感じた。私のそばにも見えないその指が浮いている。そして私たちは取り替えられていく。今まで消えてきた沢山のアリスと沢山の私が溶けた大気の中で、私は呼吸している。

私は、はるか昔から取り替えられてきた永遠の命の流れの一つになって、この部屋を漂っていた。

一匹が、私たちに食事を与えた。柔らかくて暖かい、薄いベージュの色をした食べ物。白い粉を水で練って焼き膨らませたものだ。土と粘土と大気を混ぜたようなそれは、私たちが増殖しているこの世界の欠片《かけら》だ。私たちもアリスと同じように世界を食べて生きているのだ。

私は欲望にまかせてそれを上部にあいた穴からひたすら摂取した。

「あっ！」

一匹が鳴き声をあげた。

テーブルの上のアリスの瓶が倒れたのだった。空気が入るように緩く締められていた銀色の蓋が、オープンスペースの中を転がっていく。

横たわった瓶の中から白い砂が飛び出した。

動物達が鳴きながら赤い水が透けた薄い袋のような身体を寄せ合い、アリスを捕まえようとする。

「……！」

私は黙って、その二匹を突き飛ばした。

「なにするの！」

私は一匹が鳴くのもかまわず、白い世界からゆっくりと這《は》い出てくるアリスを見つめていた。

アリスは白い世界を進み、少し立ち止まったあと、色彩だらけの私たちの世界へと入ってきた。

私は、真っ黒なアリスが茶色、緑、青、桃色、いろいろな色彩の上を歩いていくのを、顔を近づけてじっと見ていた。

アリスは私を導いているようだった。灰色のトビラは光を反射して銀色に輝いて見える。アリスの入っている瓶の蓋と同じ色だ。あ、私たちも瓶の中にいたんだ、と私は思った。

アリスはまっすぐに、私たちを塞《ふさ》いでいる銀色の蓋へと向かっていった。

私は急いで先回りし、銀色の蓋の鍵をあけ、そこを開け放った。瓶の中に閉じ込められていた真実の空間が、そのとき、アリスとともに世界へと流れ出た。

私は眩《まぶ》しさによろめきながら、外へと導かれていった。そこにはヒトの巣がびっしりと並んでいた。巨大な蟻塚《ありづか》のようなそれらの中を、私は歩いていた。

今まで私は不思議の国にいたのだ。脳がかけた魔法の中を、ずっとさまよっていた。

その魔法は今、とけた。真実の世界に、私はついに帰ってきたのだった。

闇《やみ》の中に浮かぶ大きな岩。その岩には、様々な形の生命体が繁殖し、びっしりと表面を覆いつくしている。その中の一種類の生物を見ると懐かしくて、私はつい手をのばしそうになる。

その生物は薄い皮膚に覆われている。芋虫のようにうっすらと中の赤と青が透けている。そこから四本の触手が生えていて、上部には丸い玉がついている。その上からは無数の黒い毛が生えている。

触手がついた袋のようなその生物は、ゆっくりとこの巨大な岩の上を、何匹も何匹もさまよっているのだった。

のばしかけた私の腕の皮膚からも、うっすらと中の赤が透けていた。

生物の学名はホモ・サピエンス・サピエンスといい、三万年前、後期更新世のウルム第一亜間氷期からこの星に生息している生命体だ。

生命体は、☆のマークに似ている。☆のマークの下の四つの突起をびろびろになるまで伸ばした、触手の生えた芋虫。それが私たちだった。

この宙に浮いた地球という岩の上を、生命体はびっしりと覆いつくしているのだった。淡いグレーをした星の表面を、生命体たちはひしめきあい、蠢いている。星の表面は巨大な刺《とげ》のような突起だらけで、灰色の氷柱《つらら》が下から生えているようだ。私たちは突起の中に入ったり、星の表面に掘った穴の中に潜り込んだりしている。

薄い皮膚の中に赤い液体を流しながら、私たちは引力で星に貼《は》りついた二本の触手を器用に動かして移動する。

闇に浮かんでいるこの星に、遠くの恒星の光が届く。私たちはその光に当たったり、強すぎる光を避けて突起の中に隠れたりしながら、星の回転を待っている。

……ああ、帰ってきたんだ、と私は思った。

ここが人類がニンゲンになる前の世界なのだ。

今まで暮らしていた場所は、発達しすぎた脳が見せていた幻影だったのだ。

この真実の光景こそ、私が帰ってくるべき場所だったのだ。

私はうっとりと、一つの☆になって、触手を動かして星の表面を移動していた。

灰色の大きなホモ・サピエンス・サピエンスの巣が、びっしりと連なって遠くまで続いている。その中を、触手の生えた芋虫たちは、鳴き声をあげながら出入りしていた。

人類はニンゲンになる前、ずっとこの光景の中で暮らしていたのだ。どうして忘れていたのだろう？

私たちは繋《つな》がる命の粒なのだ。寄り添っては繁殖し、増殖していく。家族という区切りなど必要ない。ただ、繋がって生命を未来へと運んでいく。

私は生まれて初めて、脳から解き放たれた目で世界を見つめ、純粋な光景の中に立っていた。「脳を騙《だま》す」どころか、ずっと脳に騙されてきたのは私だったのだ。

「工夫」を繰り返し、縋《すが》って生きてきた自分が、今では可笑しくて、愛《いと》おしかった。

それに共鳴するように、大勢のホモ・サピエンス・サピエンスが、命を唄《うた》いながら世界を埋め尽くしていた。

私はいつのまにか、自分が育った巣へやってきていた。

白い扉の中で、一匹のホモ・サピエンス・サピエンスが私を待ち構えていた。

「おかえり、恵奈。言った通り早く帰ってきてくれたのね、よかった」

私は思わず顔を綻《ほころ》ばせた。生命体はとても可愛らしかった。

それはこの前まで私が、脳に従って母と呼ばされていた生命体だった。生命体が鳴き声を発する穴からは泡だった液体が飛び散り、その生物の中が水分で満ちていることを感じさせる。

私は、愛おしいその生き物を見つめた。

ホモ・サピエンス・サピエンスのメスは、その習性で、自分から分裂した生命体である私を、大切そうに部屋の中へと導いた。

この部屋の中は、世界に残された最後の不思議の国の欠片だった。シェルターのようにきっちり閉められたドアの内側で最後の晩餐《ばんさん》を楽しむように、脳の見せている幻の中でメスは嬉《うれ》しげに笑っているのだった。

「ほら早く、中に入って」

中に入ると、ケーキとホモ・サピエンス・サピエンスが呼んでいる、草からとった粉を練って作った彼らのエサが置いてあった。

「恵奈、忘れていたでしょう？　びっくりさせようと思って買っていたの。誕生日おめでとう」

他の二匹はもう席についていた。

父と言う役割だったオスが、奥の席で低い鳴き声を出した。

「おめでとう、恵奈」

「姉貴、おめでとう」

弟だった若いオスも微《かす》かな音で鳴いた。

ドアの外では、生命体たちの蠢く気配がする。カーテンの向こうの窓ガラスが微かに震え、遠い恒星の光と熱が、僅《わず》かに部屋の中に入り込んでいる。

このドアの内側で、三匹はまだ脳に狂わされたままだった。本当はただの生命体でしかないホモ・サピエンス・サピエンスたちが、言葉を交わし、ニンゲンだと名乗り、そしてカゾクになってカゾクヨナニーをする。なんて奇妙で可愛らしい習性の生物なのだろう。この生物には、メスが受精して生まれた子供を育てるために、カゾクという仕組みの中で集まって生活する習性があるのだった。

「恵奈が生まれたのも、このくらいの時間だったわ。そう、あのときはね、最初の子だから時間がかかってね……」

メスの皮膚はしわくちゃに縮みひびわれており、目と顔の筋肉だけは子供のように動いている。

私は、習性にあらがえない動物たちの姿を見つめていた。

土に掘った巣の中で卵を育てている蟻も、こんな風に甘い夢を見るのだろうか。ホモ・サピエンス・サピエンスは自分の脳の作り上げた世界とシステムに引きずりこまれ、その幻想の中で暮らし、その幻想がどんなに苦しくてもその中で溺れてしまう。その愚かさを、抱きしめたい衝動にかられる。世の中には様々な生命体があるけれど、このホモ・サピエンス・サピエンスという生命体は本当に愛おしい。そう思うのは、自分も同じ形をした生命体だからだろうか。

そのとき、チャイムの音が響いた。

それは、魔法の時間が終わるのを知らせる鐘の音色のようだった。

「あら、誰かしら」

「さあな」

オスが立ち上がり、インターホンをとった。

「はい。はい。はい？」

「新聞の勧誘かしらね」

メスが鳴くと、若いオスは頭部を傾けてみせた。鳴き声や身体の動きで意思の疎通《そつう》を図っている生命体たちの様子は興味深くて、私は身を乗り出して彼らの生態を見つめていた。遠い昔、アリスの暮らす小さな瓶を覗《のぞ》き込んで、その動きや習性に見とれたみたいに。なんて可愛らしい、奇妙で面白い生物なのだろう。

急にオスの鳴き声が大きくなった。

「なんだ。悪戯《いたずら》ならよそでやってくれ！」

オスはインターホンの受話器を乱暴においた。

「どうしたの？」

「なんだかよくわからないが、ひたすらアとかワとか言ってるんだ。喋っているっていうより、なんだか鳴き声みたいな……」

私は少し困った顔になった。表情で感情を表すのも、私たちホモ・サピエンス・サピエンスの生態の一つだ。

「ごめんね、みんな。お迎えが、来ちゃったね」

私はケーキの前に座ったまま、ゆっくりと口を開き、彼らのように鳴き声をあげた。

「お迎え……？」

オスが訝《いぶか》しげに首をかしげる。

「ずっと魔法の中にいたんだもんね。そこから脱出するのは苦しいよね。でも、私たち、一旦《いったん》、元の世界に帰らないといけないんだよ」

「何を言っているんだ……？」

「私たち、アリスだったんだよ。ずっと不思議の世界にいたの。ここはとても楽しいけれど、やっぱり元の世界に帰らないといけないんだよ。ただでさえ私たちは長い時間、ここにいすぎてしまったんだから。もうここだけなんだよ、魔法が残っているのは。ねえ、帰ろう？」

　メスがうろたえて後ずさった。

「か……帰るって？　ここがあんたの家じゃないの」

　メスは必死に、自分の巣をきょろきょろと見回した。私はメスに手を差し伸べながら立ち上がった。

「苦しいのは少しだけだよ。すぐに、解放されて楽になれるから。ね、行こう？」

　私は手招きながらトビラに向かって歩き出した。

「本当の世界に帰ろう」

「……！」

　若いオスがすばやく立ち上がり私の腕を摑《つか》んだ。

皆がカゾクヨナニーをしている光景を壊すまいと、必死に私を引きとめようとしている。黙ったまま駄々をこねるようにひたすら私の腕を抱きしめていた。

「ごめんね。苦しいよね。でも、大丈夫。皆、一緒だよ。他のホモ・サピエンス・サピエンスたちは皆、もう帰って行ったんだよ」

穏やかに説明しても、若いオスは首を横に振るだけだった。エサを手放さない肉食獣のようにその力は異様に強かった。この若いオスはずっと苦しんできていたのに、そこからやっと解放されるというのに、それでも習性にしがみついてしまう姿が、悲しかった。

「啓太、恵奈を離すな！」

オスが大きく鳴いた。

「離さないわよ、恵奈！　お母さんは離さないわよ！」

メスの黒ずんだ腕が私の腰に絡みついた。

「皆でケーキを食べるのよ！　恵奈の誕生日をお祝いするの！」

メスも駄々をこねる子供のようだった。

私は三匹のカゾクヨナニーに対する執着心を静かに見つめた。なんて、悲しくて愛しい生命体なのだろう。両腕の自由を奪われながらも、私は彼らをさすり続けた。

「ごめんね、ごめんね。でも、このシステムは失敗だったんだよ。私たちは生命体からやり直さないといけないんだよ」

そのとき、再びチャイムの音が響いた。

「ね、ほら、もうそこまで来てる。お迎えが来たんだよ」

オスが少し青ざめながらも笑った。

「どこかへ行きたいのか？　家族で？　な、そうなのか？」

「行くんじゃない。帰るんだよ。あのトビラの向こうで、私たちの新しい未来が待ってる。ただ、自分の中で燃える生命の音色に耳を傾ければいいんだよ。ね、命が唄ってるのがわかるでしょう？」

私たちを祝福する鐘の音色のように、チャイムの音が響く。その音が不思議の国に亀裂《きれつ》を入れていく。

外からは、言語ではなくなった柔らかい生命体たちの鳴き声がする。私はその音に聞き入っていた。

（た、だ、い、ま、た、だ、い、ま、た、だ、だ、だ、い、い、い、い、い、い、い、い、い、ま、ま、ま、ま、ま、ま、ま、ま）

言語は、一文字ずつほぐれて、ただの音になっていく。た、も、だ、も、い、も、ま、も、一つの動物の鳴き声以上の意味を持たなくなっていく。

人類が真実の世界に帰っていく鳴き声が、純白のトビラの外に響き渡っている。

その生命体の鳴き声は淡く、微かに濁っていて、蛙《かえる》とフクロウとヒグラシを混ぜこぜにしたみたいだ。

（た、た、た、だ、だ、だ、い、い、い、い、い、い、い、ま、ま、ま、ま、ま、ま、ま、ま、た、た、た、た、た、だ、い、い、い、い、い、い、い、い、ま、ま、ま、ま、ま、ま、ま）

私はほぐれて鳴き声になっていくコトバに耳を澄ませながら、愛しいその音が呼ぶ世界へのトビラへ視線をやった。

それは、まっさらな白い世界に続くトビラだった。脳でできた建築物たちがすべて無に帰った世界が外で待っているのだった。

オスが忌々《いまいま》しげに吐き捨てた。

「まったく、なんて悪戯だ！　恵奈もう駄目だ。明日には病院に連れてくぞ」

オスは大きな足音をたてて、「どうせ近所の子供の悪戯だろう。引《ひ》っ叩《ぱた》いてやる」と外へ向かっていった。

ドアの音とともにオスの足音が途切れた。

「父さん……？　父さん……？」

若いオスが呼びかけた。

「どうしたんだよおっ」

鳴き声とともに外に駆け出て行った若いオスの足音も聞こえなくなった。かわりに、二人の鳴き声がトビラの外で響くのが聞こえた。

「これ、は何、だ、お、れ、ど、う、し、」

「と、う、さ、な、ん、で」

「や、め、ろ、く、る、な、や、め、ろ、や、め、ろ、お、れ、を、は、な、せ、お、れ、を、は、な、せ」

「お、か、あ、さ、ん、お、か、あ、さ、ん、た、す、け、」

ほぐれた言語は世界に散らばっていく。意味をなくした言語は、柔らかい生命体の鳴き声になって、世界に響き渡っていく。

5

……部屋の中には、一匹のメスだけが残った。私はゆっくりとメスに近づいた。

「さ、あなたも帰ろう?」

手を差し伸べると、嫌々をするようにメスは首を横に振った。その愛しい仕草を可《か》愛《わい》らしく思いながら、私は安心させようと可能な限り優しい鳴き声を発した。

「ねえ、ほら、あなたはずっと苦しめられてきたでしょう? もう大丈夫なんだよ。魔法は解けて、不思議の世界は終わるんだからね」

メスは激しく頭を左右に振り、途切れ途切れに捩《ねじ》れた声をあげた。

「この魔法は、あなたにとって呪《のろ》いだったんだよ。こっちへおいで」

私は怯《おび》えきったメスにさらに近づいた。可哀想《かわいそう》に、このメスもすっかり自分の脳の幻影の中に入り込んでしまっている。生命を繋げていくためとはいえ、なんて残酷なシステムなのだろう。

私自身も、そのシステムにずっと支配されていた。だから私にもメスの苦しみがよくわかった。

だからこそ、私はメスを連れて行かなければならなかった。この世界で一番このシステムに苦しめられ、一方でシステムに執着してしまっている、ホモ・サピエンス・サピエンスの習性の迷路の中で精神を悶絶《もんぜつ》させている、このメスの魂を、私は救わなければならないのだった。

「もう怖くないのよ。あなたの苦しみは、魔法の中の苦しみだったんだよ。ね、おいで？」

一番この不思議の国で苦しめられてきたメスが、すがるように必死に部屋の奥で椅子にしがみついている。赤い液体の透けた触手が、この世界に懸命に絡まっていた。

私は静かにメスの触手を持ち上げた。

「さ、ただいまをしないと。私たちはそのために生まれてきたのだから。ね？」

優しく言い、メスの触手を引っ張る。メスの喉が震えて、鳴き声が部屋に響く。メスはすがるようにこの世界のいろいろなものを摑んでは離した。四つ並んだ同じ形の椅子、一昨日《おととい》飾った家族写真、半乾きのバスタオル、メスは一つ一つを握り締めた。

この世界に指紋を撒《ま》き散らしながら、メスは喉からひきつるような鳴き声をあげ続けた。

私は自分の触手を伸ばし、その生命体の表面を優しく撫でた。指先に、この可愛らしい生命体の内臓の熱と血液の流れが伝わってくる。すっかり不思議の世界に取り込まれてしまった、その愛しいアリスの毛に指を絡《から》める。

私は全《すべ》ての生命体を愛していて、全ての生命体は私を愛している。私たちは互いに取り替えられていく、同じ命の粒なのだから。私たちはそうして永遠に生き続けるのだ。

「もう苦しくないよ。カゾクというシステムの外に帰ろう」

脳の中で溺れている生命体を救おうと、私が触手を軽く引くと、メスは白い誕生日ケーキにしがみついた。メスの手の中で柔らかく甘いケーキが壊れていく。私はケーキを摑んだままのメスを優しく立ち上がらせた。手の中にある、そのメスの薄い皮膚の奥で、赤い水がどくどくと流れている。巨大なミトコンドリアでも見ているようで、私はますます愛しさがこみあげ、その生命体の表面を撫でて、さすった。

私は微かに震えているその生命体を、大切に導き、白いトビラのノブに手をかけた。それは再生へのトビラでもあった。

命の波が、そこまで押し寄せてきていた。私たちは只《ただ》の生命体になり、命を唄いながら永遠に生きていく。ホモ・サピエンス・サピエンスである私の水も肉も、命の波に呼応して揺さぶられている。そこへ帰っていくこの日が来ることを、ずっと知っていたように、命としての私が震えていた。

私は、ドアの外の生命の渦に背中が溶けていくのを感じながら振り向いた。

「え、な、え、な、……え、な、……」

愛らしい鳴き声をあげているメスがトビラの外へと帰っていく瞬間、私は微笑んだ。

「おかえりなさい」

その言葉が、私たち人間が口にした、最後の意味のある言語だった。

解説

樋口毅宏

何がきっかけで『タダイマトビラ』を手に取ることになったかは思い出せない。しかし当時、「とんでもないものを読んでしまった」と、衝撃に身も心も打ちのめされたことはよく覚えている。というか忘れようもない。

「トビラ」という単語から、ウイリアム・ブレイクみたいなのかなと思っていたら、やはり彷彿《ほうふつ》とさせるものがあった。ネグレクトの母親に育てられた女の子の一人称で、生きていること、特に生理的なものへの嫌悪感《けんおかん》を綴《つづ》った描写に息を呑《の》んだ。

　笑うと母の顔には、真っ暗な穴があく。

　再び流れ出した音楽に合わせて口ずさみながら、私はすっきりとした自分の下腹を撫《な》でた。そこはきちんと空洞になっていた。

けれど私が一番夢中になったのは、「家族欲」の処理だった。

私は毎日、そうして脳を騙《だま》していた。きっと脳は、私をとても愛情深く育てられた子供だと思っているだろう。そのことが楽しくて仕方がなかった。

家族というのは、脳でできた精神的建築物なのだな、とつくづく思った。

解説から読む人もいるだろうから、ネタバレにならない程度に引いたけど、キレッキレのキラーフレーズ雨あられですね。

そして何と言っても凄《すご》いのは「カゾクヨナニー」。

天才すぎる。

クライマックスは永久に映像化不可能だろう。「家族という檻《おり》」からの解放のみならず、オカルトの一語では収まりきれない、空恐ろしいエンディングに、ただただ圧倒された。

試しに自分のツイッターで「村田沙耶香」とエゴサーチしてみたら、その頃書き込んだ感想がいっぱい出てきた。書いとくもんですね。

村田沙耶香の『タダイマトビラ』を読み終わった後も、(一応)正気を保っていられる自分が不思議。　2012/05/02　19:13

『タダイマトビラ』(村田沙耶香著)。読み始めたうちは「あーまたこの手のヤツか」と、病気っぽさや「家族によって壊れた私」を売り物にするヤツだと思っていた。しかしクオリティが違った。違いすぎた。今年のナンバーワン候補。本当に参った。具合が悪い。　2012/05/02　20:31

樋口毅宏は去年の天皇誕生日から一日も休んでいません。きょうも真面目《まじめ》にコツコツと原稿を書くつもりでした。しかし、ほとほとやる気がなくなりました。村田沙耶香さんの『タダイマトビラ』を読んで。もーこの本、家にあることがイヤ。イヤ。イヤ。だって怖えんだもん。　2012/05/02　20:58

たいていの本好きはそうだろうが、十冊買ってそのうち一冊、手元に置いておきたかったり、読み返すレベルのものと出会えたりしたら大当たり。だいたいは期待外れで、「これ、みんながそこまで褒めるほどのものかね」と、呆《あき》れて放り捨てるものだろう。

ひと皮剝《む》いただけなのに、さも「これが真実（現実《リアル》）ですよ」と標榜《ひょうぼう》したり、感動の垂れ流しとまでは言わないけど、「文芸好きな人ってホントこの手のタイプが好きですよね。文芸というジャンルに寄り掛かっている類《たぐ》いを」と感じる小説が多い中、村田沙耶香の小説はそのどちらとも遠い。

えーっと、今から言葉を選んで、ひとことで言い表してみますね。

あたまがおかしい。

最高ですよ。最高を超えていますよ。

「当たり前」を壊して、「常識」を足元からひっくり返してくれて、読みながらつい笑ってしまう。心から御礼を伝えたい。

『タダイマトビラ』を読んだ頃の話に戻ります。当時僕は『二十五の瞳《ひとみ》』という小説を上梓《じょうし》して、連日メディアの取材を受けていた。著者が自ら「この作品のどこが素晴らしいか」とアピールするべき場なのに、『タダイマトビラ』ショック真っ最中の僕は、拙著そっちのけで、他人の本の宣伝を触れ回っていた。気が触れていたのだろう。「最近のおすすめの本は？」などとエサを与えられる前から、「樋口の今年のベストブック決定ですよー！」と、目の色を変えて喋《しゃべ》っていたら、そりゃ取材者も担当編集者も呆れますよね。今更ながらお詫《わ》びします。反省はしないけど。

仕方がないのです。もともとエバンジェリストの気質で、学校を出た後に雑誌編集者になったのも、「自分が好きになったものは世間も好きになるはずだ」という強烈な思い込みがあって。もちろんいまもね。

それだけに『タダイマトビラ』が三島由紀夫賞を落選したときは、選考委員はアホかと憤《いきどお》った。

例えばキューブリックの『2001年宇宙の旅』を完全に理解している観客は〇・一パーセントもいない。しかしあの映画が「言葉で説明できないけれど、途轍《とてつ》もないものを観《み》てしまった」ということは、誰もがわかるはず。

『タダイマトビラ』も同じ。「言葉を紡《つむ》ぐことを生業《なりわい》にしている仕事だが、この本を正確に批評することは難しい。だけどいち読者として凄《すさ》まじいものを読んでしまった」と、自分が受けた衝撃、驚き、感性をどうして信じないのか。

選考委員の罪滅ぼしもあっただろう。翌年、村田沙耶香は『しろいろの街の、その骨の体温の』で三島賞を受賞した。

ちなみに『しろいろ』も、僕のその年のベストブック。これまで樋口のベストブックは『群青《ぐんじょう》の夜の羽毛布』、『芸人失格』、『僕のなかの壊れていない部分』、『その青の、その先の、』、『戦争と一人の女』、『紙の月』、『肉体の鎮魂歌《レクイエム》』など（順不同）があるけど、二年連続で受賞したのは村田沙耶香だけ。一時期まわりには「村田沙耶香時代だ」と触れ回っていた。熱病だとは思わない。『タダイマトビラ』『しろいろの街の、その骨の体温の』以降の作品も当然すべて読んでいる。今では自分の確信が正しかったと思う。

またツイッターで「村田沙耶香」と検索してみた（ホントにツイッターって楽しくて便利だなあ。これじゃあ小説読む人減るのわかるわ）。

村田さんとは面識が一回もないけどそんなの関係ない。作品のスケールから文体まで、数多《あまた》の若い女性作家のなかでも完全に群を抜いている。もっともっと読まれてほしい。大衆よ、あなたたちは村上春樹なんかより、村田沙耶香の本を読むべきだ。

2013/05/16　20:50

短編「ROMANCE」

挿し絵は武藤良子さんに描いて頂きました。

GREAT3と、有馬頼義の『終身未刑囚』と、村田沙耶香さんの『しろいろの街の、その骨の体温の』にオマージュを捧《ささ》げています。

本作は樋口の単行本に入りません。よろしゅう。　2013/11/04　6:09

そうなんです。「ROMANCE」というのは新潮社の「yom yom」のために書いた短編で、『しろいろ』と地続きの世界にしたくて、同じ舞台にして書きました。影響受けすぎだろ俺。


この後だと思うのだが、当時祥伝社の牧野輝也に頼み込んで、村田さんに引き合わせてもらった。場所は神保町《じんぼうちょう》のさぼうる2。ぽわーんとした、可愛《かわい》らしい女性が現れた。僕がいちファンとして、一方的に思いを伝えたこと以外、何を話したかまったく覚えていない。

瀧井《たきい》朝世さんによるインタビュー（WEB本の雑誌「作家の読者道」）を読んで、村田さんが御家族ととても仲が良い、お嬢様育ちの人と知りながらも、興奮に任せて、

「村田さんに小説を書く才能がなかったら、(神戸連続児童殺傷事件の) 少年Aのようになっていたと思いますか?」ぐらいは訊《き》いたと思う。

村田さんは怒って途中で席を立つこともなかった。僕の村田沙耶香論はこの解説同様、まったく的を射なかった。呆れていたのか、最後までぼんやりしているように見えた。いや、終始困惑した表情だった。お詫びしますし反省もしてます。

帰りに図々しくもツーショットを撮らせてもらったけど、あの写メどこ行っちゃったんだろう。

エゴサ続き。


村田沙耶香の『殺人出産』が凄《すご》すぎて呆《ほう》けている。　2014/07/19　16:02

村田沙耶香『殺人出産』読了。

最初はホラーというか、星新一や『第三の男』を思いながら読み進めた。とんでもなかった。

古くは「女は子供を産む機械」、最近でも「早く結婚をしたほうがいいんじゃないか」という発言に称賛を送った人たちには、この物語の真意を永久に理解できないだ

村田沙耶香『殺人出産』。この物語の世界観を絵空事だと言う人は、いま私たちが生きるこの社会をどこまで無邪気に信じているのだろうか。　2014/07/19　16:17

次の芥川賞候補『コンビニ人間』（文學界6月号）読了。久し振りの村田沙耶香、相変わらず狂ってるなぁ。「世間に迎合する」はムラサヤ作品共通のテーマだが、選考委員の大先生たちはこの「異物」を「異物」のまま受け入れられるだろうか。半ば自伝で、覚醒はあっても懺悔はない。素晴らしい。受賞祈願　2016/06/24　01:10

そしてそして二〇一六年七月、村田沙耶香は『コンビニ人間』で、第一五五回芥川賞を受賞。

村田さんが取ったのは嬉しいんですけど、最高傑作ではないんですよねぇ。『タダイマトビラ』を読んで下さい。ブチ切れてますよ。あ、でもおめでとうございます。

2016/07/19　19:43

ろう。　2014/07/19　16:07

純文学にとって歴然たる現実として、芥川賞作家の十人に九人が受賞がゴールというか、受賞作以外に代表作がないままひっそりと消えていく。しかし、村田沙耶香は必ずや芥川賞を通過点にするはずだ。真の全盛期はこれからだと断言しておく。僕が言うのだから間違いない。

「文學界」9月号の受賞エッセイで、「小説の中は私にとって、定期的に通っていないと不安定になってしまう教会のような場所」と村田さんは書いていた。ならば村田沙耶香は教会で何を祈り、懺悔しているのか。僕のような凡人には皆目見当がつかない。これからもただ作品を読み続けるだけだ。

（平成二十八年八月、作家）

この作品は平成二十四年三月、新潮社より刊行された。

ギンイロノウタ　村田沙耶香著
野間文芸新人賞受賞

秘密の銀のステッキを失った少女は、憎しみの怪物と化す。追い詰められた心に制御不能の性と殺意が暴走する最恐の少女小説。

地球星人　村田沙耶香著

あの日私たちは誓った。なにがあってもいきのびること――。芥川賞受賞作『コンビニ人間』を凌駕する驚愕をもたらす、衝撃的傑作。

遮光　中村文則著
野間文芸新人賞受賞

黒ビニールに包まれた謎の瓶。私は「恋人」と片時も離れたくはなかった。純愛か、狂気か？　芥川賞・大江賞受賞作家の衝撃の物語。

悪意の手記　中村文則著

いつまでもこの腕に絡みつく人を殺した感触。人はなぜ人を殺してはいけないのか。若き芥川賞・大江賞受賞作家が挑む衝撃の問題作。

窓の魚　西加奈子著

私たちは堕ちていった。裸の体で、秘密の心を抱えて――男女４人が過ごす温泉宿での一夜と、ひとりの死。恋愛小説の新たな臨界点。

白いしるし　西加奈子著

好きすぎて、怖いくらいの恋に落ちた。でも彼は私だけのものにはならなくて……ひりつく記憶を引きずり出す、超全身恋愛小説。

金原ひとみ著

マザーズ

ドゥマゴ文学賞受賞

同じ保育園に子どもを預ける三人の女たち。追い詰められる子育て、夫とのセックス、将来への不安……女性性の混沌に迫る話題作。

加藤シゲアキ著

オルタネート

吉川英治文学新人賞受賞

料理コンテストに挑む蓉《いるる》、高校中退の尚志《なおし》、SNSで運命の人を探す凪津《なづ》。高校生限定のアプリ「オルタネート」が繋ぐ三人の青春。

多和田葉子著

雪の練習生

野間文芸賞受賞

サーカスの花形から作家に転身した「わたし」。娘の「トスカ」、その息子の「クヌート」へと繋がる、ホッキョクグマ三代の物語。

津村記久子著

とにかくうちに帰ります

うちに帰りたい。切ないぐらいに、恋をするように。豪雨による帰宅困難者の心模様を描く表題作ほか、日々の共感にあふれた全六編。

小山田浩子著

穴

芥川賞受賞

奇妙な黒い獣を追い、私は穴に落ちた。仕事を辞め、夫の実家の隣に移り住んだ私の日常を夢幻へと誘う、奇想と魅惑にあふれる物語。

河合隼雄著

こころの処方箋

「耐える」だけが精神力ではない、「理解ある親」をもつ子はたまらない——など、疲弊した心に、真の勇気を起こし秘策を生みだす55章。

星新一著　ボッコちゃん

ユニークな発想、スマートなユーモア、シャープな諷刺にあふれる小宇宙！　日本ＳＦのパイオニアの自選ショート・ショート50編。

星新一著　ようこそ地球さん

人類の未来に待ちぶせる悲喜劇を、卓抜な着想で描いたショート・ショート42編。現代メカニズムの清涼剤ともいうべき大人の寓話。

星新一著　マイ国家

マイホームを〝マイ国家〟として独立宣言。狂気か？　犯罪か？　一見平和な現代社会にひそむ恐怖を、超現実的な視線でとらえた31編。

小川洋子著　薬指の標本

標本室で働くわたしが、彼にプレゼントされた靴はあまりにもぴったりで……。恋愛の痛みと恍惚を透明感漂う文章で描く珠玉の二篇。

小川洋子著　まぶた

15歳のわたしが男の部屋で感じる奇妙な視線の持ち主は？　現実と悪夢の間を揺れ動く不思議なリアリティで、読者の心をつかむ８編。

小川洋子著　博士の愛した数式
本屋大賞・読売文学賞受賞

80分しか記憶が続かない数学者と、家政婦とその息子——第１回本屋大賞に輝く、あまりに切なく暖かい奇跡の物語。待望の文庫化！

三浦しをん著

風が強く吹いている

目指せ、箱根駅伝。風を感じながら、たすき繋いで、走り抜け！「速く」ではなく「強く」――純度100パーセントの疾走青春小説。

三浦しをん著

きみはポラリス

すべての恋愛は、普通じゃない――誰かを強く大切に思うとき放たれる、宇宙にただひとつの特別な光。最強の恋愛小説短編集。

三浦しをん著

天国旅行

すべてを捨てて行き着く果てに、救いはあるのだろうか。生と死の狭間から浮き上がる愛と人生の真実。心に光が差し込む傑作短編集。

梨木香歩著

家守綺譚

百年少し前、亡き友の古い家に住む作家の日常にこぼれ出る豊穣な気配……天地の精や植物と作家をめぐる、不思議に懐かしい29章。

梨木香歩著

ぐるりのこと

日常を丁寧に生きて、今いる場所から、一歩一歩確かめながら考えていく。世界《ぐるり》と心通わせて、物語へと向かう強い想いを綴る。

梨木香歩著

不思議な羅針盤

慎ましく咲く花。ふと出会った本。見知らぬ人との会話。日常風景から生まれた様々な思いを、端正な言葉で紡いだエッセイ全28編。

川上弘美著

ニシノユキヒコの恋と冒険

姿よしセックスよし、女性には優しくこまめ。なのに必ず去られる。真実の愛を求めさまよった男ニシノのおかしくも切ないその人生。

川上弘美著

パスタマシーンの幽霊

恋する女の準備は様々。丈夫な奥歯に、煎餅の空き箱、不実な男の誘いに喜ばぬ強い心。女たちを振り回す恋の不思議を慈しむ22篇。

川上弘美著

なめらかで熱くて甘苦しくて

それは人生をひととき華やがせ不意に消える。わきたつ生命と戯れながら、恋をし、産み、老いていく女たちの愛すべき人生の物語。

上橋菜穂子著

精霊の守り人

野間児童文芸新人賞受賞
産経児童出版文化賞受賞

精霊に卵を産み付けられた皇子チャグム。女用心棒バルサは、体を張って皇子を守る。数多くの受賞歴を誇る、痛快で新しい冒険物語。

上橋菜穂子著

闇の守り人

日本児童文学者協会賞・
路傍の石文学賞受賞

25年ぶりに生まれ故郷に戻った女用心棒バルサを、闇の底で迎えたものとは。壮大なスケールで語られる魂の物語。シリーズ第2弾。

上橋菜穂子
チーム北海道著

バルサの食卓

〈ノギ屋の鳥飯〉〈タンダの山菜鍋〉〈胡桃餅〉。上橋作品のメチャクチャおいしそうな料理を達人たちが再現。夢のレシピを召し上がれ。

新潮文庫最新刊

道尾秀介著
雷神
娘を守るため、幸人は凄惨な記憶を封印した故郷を訪れる。母の死、村の毒殺事件、父への疑惑。最終行まで驚愕させる神業ミステリ。

道尾秀介著
風神の手
遺影専門の写真館・鏡影館。母の撮影で訪れた歩実だが、母は一枚の写真に心を乱し……。幾多の嘘が奇跡に変わる超絶技巧ミステリ。

寺地はるな著
希望のゆくえ
突然失踪した弟、希望《のぞむ》。誰からも愛されていた彼には、隠された顔があった。自らの傷に戸惑う大人へ、優しくエールをおくる物語。

長江俊和著
出版禁止 ろろるの村滞在記
奈良県の廃村で起きた凄惨な未解決事件……。遺体は切断され木に打ち付けられていた。謎の手記が明かす、エグすぎる仕掛けとは！

花房観音著
果ての海
階段の下で息絶えた男。愛人だった女は、整形し、別人になって北陸へ逃げた――。「逃げる女」の生き様を描き切る傑作サスペンス！

松嶋智左著
巡査たちに敬礼を
現場で働く制服警官たちのリアルな苦悩と逆境からの成長、希望がここにある。6編からなる人間味に溢れた連作警察ミステリー。

タダイマトビラ

新潮文庫　む－17－2

平成二十八年十一月一日発行
令和六年四月五日二刷

著者　村《むら》田《た》沙《さ》耶《や》香《か》
発行者　佐藤隆信
発行所　株式会社　新潮社
郵便番号　一六二―八七一一
東京都新宿区矢来町七一
電話　編集部(〇三)三二六六―五四四〇
　　　読者係(〇三)三二六六―五一一一
https://www.shinchosha.co.jp

価格はカバーに表示してあります。

乱丁・落丁本は、ご面倒ですが小社読者係宛ご送付ください。送料小社負担にてお取替えいたします。

印刷・大日本印刷株式会社　製本・株式会社大進堂

ISBN978-4-10-125712-9 C0193